人生は片々たる歌の場所

長崎浩

NAGASAKI Hiroshi

北冬舎

人生は片々たる歌の場所◇目次

一

しあわせ

黄色のワンピース　012　夏の朝　014　海辺の駅　016　三人姉妹　018

春の雨　020　炒り豆　024　汝が生まれし日　027

旅の場所

一ノ関　030　浅虫温泉　033　アイスクリーム　036　産寧坂　038　金閣寺　040

五島　043　風の回廊　046

北の街で　冬と春

紫色の街　048　コンポジション　050　絶対の春　053　花冷えは街の季語か　056

北山　058　緑濃きウンブリア　061　亘理　064　深海水族館　067

花びらの流れる街　071　天空の風　074　喪失の光まぶしく　078

蒼穹の眠り

敦賀　082　血族　085　平安　089　暗い列車　092　二月の空　094

存在の時へ　097　まばゆき午後　100

二

健康な生活

存在の風景　106　アレキサンドリア　111　虚空の形　116　文体のレッスン　120
眩しい春　124　季節の列車　126　未練　128

北の街で　夏と秋

五点鐘　132　奇跡　134　私が一人で暮らしている町　136　操車場　138
水の乳房　140　社交　141　野草園　144　寒冷前線　146　県立美術館　148
秋の喝采　150　淡々と暮らしています　153　二身に別れ行く秋ぞ　154
金華山　156　闇の訪れ　159　ひさ子　162　時雨　164　天地反転　166
秋の噴水　168

六月の墓
記憶の暗い穴ぼこ　172　思い出は触覚ばかり　175　闇の黒髪　176　六月の空　178
ライオンの戦車　180　はすかいに薔薇一枝　182

三

フォッサマグナ
絵の中の海　188　安山岩　191　分教場　194　父の死　198　木橋　201
脊梁　204　糸魚川　207　佐太郎　210　秋ギヤマン　212

春の泥濘
蜘蛛　214　夏の少女に　218　虚無の警告　220　冬の日の東京　224
春の泥濘　227　地上の楽園　228

桜幻想
冬去りぬ　234　思想の季語　236　モルドヴァは昏き森か　239　蠟の涙　240

朝の落花　242　月の沙漠　244　逢魔ケ時　247　銀ヤンマ　250

夢の名残り

一千光年　254　大いなる都会　257　鏡の街　260　サイボーグ　262
よろしかったですか　264　真昼間の墓地　266　春遍満　268　日のめぐり　270
登校の時　273　引退という生活　276　午後の平穏　278　この光る、寂しき二月　280
白木蓮　283　春先の雨　284　夏の抽象　286

あとがき／著者略歴　289

装画＝飯沼知寿子
「Persepective of the Family State」
装丁＝大橋泉之

人生は片々たる歌の場所

一

しあわせ

黄色のワンピース

不幸は、私の親しい伴侶である。

その頃のある日の午後に、私は妻と一緒に電車に乗っていた。夏の昼下がりである。都心に向かう郊外電車は空いており、車内を風が通り抜けていた。乗物に冷房が入り、窓ガラスがはめ込みになる以前のことである。映画か買物か、私たちは都心に出かけるのである。妻と隣り合って、空いた座席を独占するみたいに二人して座っていた。電車は都心に近づくにつれて高架を走るようになる。

先ほどから、出口を挟んで私たちの右手斜め向かいの席に、黄色のワンピースを着た若い女が座っている。のびのびした肢体をワンピースがいっそう際立たせている。それにあの向日葵のような黄色。私たちは感嘆したように彼女を眺め、小声で賞賛の声を上げている。長身を、つんと澄ましている娘には見えない。よく育った肢体に柔らかな表情をしているようだ。無帽である。無造作に束ねた髪が窓からの風に揺れている。本を読むでもなく、ワンピースの裾に脚を長く揃えて、ゆったりと円満な姿である。

ワンピースの夏着が膝丈を縮めてミニスカートになる、その以前のことである。それから、ミニスカートが流行を終えると、ワンピースそのものがはやらなくなったようである。でも、黄色いワンピースが似合う年頃というものがある。若い肢体がある。私はいまでも、夏の昼下がりに空いた電車に腰掛けて、向かいの席に黄色いワンピースの幻を追うことがある。するとただちに、揃って買物に出かける私と妻の座席に場面が反転して、私はすぐに幻影を打ち捨てなければならない。

夏の朝

めずらしく鮮明な画面を夢に見て目が覚めた。私は幅の広いゆるやかな上り道を歩いている。夏の雨が上がったばかりの朝である。道を登りきったその向こうは山の斜面になっており、間に狭い谷川があるようだ。濃い緑の斜面を背景にして、大きな木が一本、坂道の途中で枝を広げている。樟だろうか、欅だろうか。それにしても、季節外れの若々しい黄色の葉を見せている。私は仕事帰りで、小さなバッグを提げてゆったりと坂を登っている。仕事帰りにしては場違いな村道であり、道の先に帰宅のための駅があるという想定もおかしい。

私のうしろから、足音が近づいてくる。小さな男の子と、そのかたわらを歩く中学生くらいの少女である。夏休みなのだろう。白いブラウスをゆるやかに着て、小さな麦藁帽子をかぶっている。帽子の下の表情は硬い。手をつなぐでも、言葉を交わすふうでもなく、二人はゆっくりと私のかたわらを通り過ぎて、村道を登っていく。少女の小さな背中に、洗い立ての夏休みのブラウスが見える。その向こう、道の頂に、のびのびと枝を広げた樹木が、ふたたび私の視界に立ち現われた。

この夢の場面が、総天然色の一枚の写真のように、目覚めの瞬間に残っていた。それにしても、この場面での私は何者だろうか。もういかなる焦慮も、登場人物たちとの情緒的な交流もない。

そのように索漠と夢を見ることが多くなった。雑然と場面が展開し、脈絡もなく出来事が生起して、それらをつなぐ気持の痕跡を目覚めに感じることがない。懐かしさがあり、つらさがあり、夢の名残りの気分というものがあろうではないか。それが文字どおりに、浅き夢見し酔いもせずなのである。この朝の夢の名残り、目覚めの気分も同じことだった。ようやくに夏の終わり、白々と淡い光が部屋を満たしていた。

海辺の駅

　ある時期に、九州地方の都市に頻繁に出かけていた。その県に市政の対立があり、これに絡んで、コンサルタント、参謀、黒幕のようなことをするためだった。行きがかりで引き受けた仕事のようにして、私は役目をこなしていたが、気持は索漠としていた。荒れているのでも、虚無的というのでもない。気持が冷えていた。その日も、博多駅から特急列車に乗った。三時間ほどで目的の都市に着く。新幹線を乗り継いでくれば、いわゆる在来線の列車の横揺れが際立って感じ取れる。前の車両が捩れるように左右に動いている。

　小倉を過ぎたあたりから、列車は海沿いの山の斜面を行くようになる。左手の眼下が海である。午後の光に海は白く凪いでいる。カーブとトンネルが多いためだろう、特急列車は断続的に徐行する。その小さな駅を通過する時もそうだった。駅舎を真ん中にして、プラットホームは山の斜面に従って湾曲していた。袖の部分には屋根がない。斜面に浮くようにして狭く伸びている。列車はプラットホームの湾曲に沿って徐行する。駅名を表示する看板が現われて、看板のまわりには赤いカンナが群生して咲いている。普通列車の到着を待つ乗客がまばらに立っている。私の座席から見て、駅舎の向こう遥かな眼下に海がある。

　ちょうど私の車窓が駅を通り過ぎようとしていた。その時、プラットホームの端っこに、ぽつんと少女が一人、姿を現わした。女子高生であろう。白いブラウスに黒い鞄を提げて、列車に背を向けて立っている。海から登る風を受けて、少女の髪が流れた。特急列車はゆっくりとスピードを上げ始めて、少女の立ち姿も、彼女が見つめていたかもしれない海も、車窓から流れ去っていった。ただそれだけのことである。わが国の近代の小説では、私は旅情を感じたというところであろう。

しかしその時、私が感じたのは、場違いにも、生きていくことにたいする未練のようなことだった。眼下の白い海がしだいに目の高さに近づくのを眺めながら、愛惜の念という言葉で、私はこの気持を反芻したと記憶している。これからの少女の人生を思って呼び起こされた感情であったろう。幸せへと続く道の切なさ、やるせなさ。

目指す都市の駅には地方議会の議員たちの出迎えがあった。列車の旅での過度の自己集中をおくびにも出さぬ顔で、私は彼らとの会合の席に向かった。

それにしても、いつから田舎の駅のプラットホームに、赤いカンナが咲かなくなったのだろうか。

三人姉妹

海沿いの小さな地方都市のようである。いくばくか商店街が続いており、アーケードのもとに呉服屋、洋食屋、自転車店などが並んでいる。私はかたわらの若い娘とおしゃべりをしながら、アーケードを歩いている。白いブラウスに黒のスカート、女教師のような服装をした娘である。すると前方、駅に行く道と交差するあたりに私の妻と子供たちが現われた。地方に赴任している私のもとに、家族がやってくる予定であったが、それはまだ数時間先のはずであった。

子供は三人で、三人とも女の子である。その娘たちが私を認めて、いっせいに声を上げた。「お父さん！」、嬉しさとはにかみと、遭遇の驚きと恥じらいと、それに予定を早めて父親を驚かすという小さなたくらみとが交じり合った声である。ことに下の娘二人は、身をよじるようにして笑顔を隠すしぐさをした。髪を長くして、幼いブラウスを着ている。妻もまだ若い。

妻に先導されるように、四人はついで私の連れの若い女に目を向けた。「同僚だ」と私は彼女を家族に紹介する。うろたえたりはしなかったと思うが、急き込んだ言い方だったかもしれない。「秋山—子です」と、彼女がはっきりした口調でフルネームの自己紹介をした。白い肌のきれいな娘で、唇をすこし突き出すようにして名乗る口元に、ほくろが見えた。

事実とも、記憶とも、大いに相違した夢の場面である。とはいえ、まるで架空の情景というわけでもない。夢は、多くそうしたものであろう。それでいて、幼い娘たちがいっせいに笑うしぐさと、それに引きずられたような妻の表情とが、切り取られた瞬間の情景のように、夢のあともいつまでも私の中に残っていた。家族の幸せというこの味も、まるっきり知らない記憶というのではない。しかし、思い出というにはあまりにはかない、夢の一瞬の内にしか形をなさないような子供たちの表情だった。この表情を共有することを捨てた、それだけが確かなことなのだった。

春の雨

目を醒ますと、明るい春の雨が降っていた。人通りのすくない街路に欅の並木が芽ぶき始めている。その向こう、家並みの途切れるあたりに海につながる湖の岸辺が見える。漁船や遊技用のボートがもやっている。雨はそれらの上にまっすぐに、音も立てずに降っているようだった。目の奥が痛い。

昨日、会社を定時に退けてから、私は急行列車に乗って近郊のこの県庁所在地に着いた。日はもう暮れていた。駅の西口が古くからの街につながり、海側の東口は開発が進行中のようだった。広場はだだっ広く、まわりに高層ビルが立ち並んでいた。東口に降りるのは初めてである。「きれいになったでしょう」と、退屈しのぎにタクシーの運転手が言った。車はじきに駅前の明かりを抜けて、ヘッドライトが水田の闇を裂くように走った。

その病院は海に出口のある大きな湖の岸に建っていた。不揃いな高さの病棟が寄り集まったような建物で、海風のせいか、クリーム色の壁に汚れが目立った。正面玄関が車寄せになっており、脇に欅の古木が重々しく風になびいていた。若葉が蛍光灯の光で無数の花のように見えた。私は受付に医師の名前を告げた。

「容態は一進一退です」

目を伏せたまま医師が言う。学生のまま中年になったように、丸顔に眼鏡をかけている。ちぢれたような髪で額が広い。小さな声で、ゆっくりと淀みなく話す。医者の中でも、じっくりと患者の話を聞き、患者と付き合うタイプの仕事が要求される診療科の医師なのだ。そう納得させるものがあった。床を見ながら困惑したように話すのも、自信のなさの表われではない。むしろ逆に、ある頑固な確信のようなものが伝わる。細かく問い質すようなことが、私にはほとんどない。病人の休職期限の話をして、今後ともよろしくと頭を下げて、それから私は一人で娘の病室を訪れた。

「あら、課長さん」

かちょうさーんと長く発音して、娘は明るい声で私を迎えた。今日の訪問は前もって知らせてあった。

「ほら、見てくださいよ。腕にもこんなに肉がついて。あんたのお父さんは相撲取りかいなんて、掃除のおばさんにも言われるんです」

娘は腕を高く上げて見せるのだが、肉などはすこしもついていない。目の下、頬の上のあたりがむくんでおり、眼鏡の奥の目は笑っているようには見えない。若い娘の顔ではないが、やつれた病人という典型にもはまらない。年齢不詳という印象である。いまは気分がハイの時期ですと、先ほどの医師が言っていた。

この娘は数年前入社して私の課に配属された。印象の稀薄な娘だった。愚かに若々しくもなく、そうかといって引っ込み思案というのとも違う。どんな女にだって青春はある。それが幸せであっても、暗さの拭えぬような色合いを帯びていても、ある肉の輝きが滲み出るような時期がある。そう感じさせるものが、彼女にはなかった。

「最高よ。先生も看護婦さんとかも、みんな親切で。海は見えるし。退屈なんかしてる暇ないのよお。課長さん、お忙しいでしょう。来てくれなくたって大丈夫」

今度の病院はどうかという私の質問を引き取って、娘がしゃべり続ける。声の調子は高いのに、はしゃいでいると感じさせるものはない。病室の窓の向こう、暗い湖面が風にざわついているように見える。

この数か月、私はこの娘に会っていない。久しぶりの再会には、ふつう、それらしい会話というものがある。心からの懐かしさが出ることもあれば、儀礼的な挨拶もある。その中間に無数の作法があるものだ。娘の話しぶりは、このどれにも当てはまるようには思えない。なんだか、ひどく紋切り型のうわずった話し方である。声だって、ふだんはもっと低いはずである。聞く者の心にのしかかるような不自然さが、そこにあった。

小一時間も私は娘の話を聞いていたろうか。重い疲労が娘を捉えていくようだった。今夜最後の回診か、看護婦がようすを見にくると、残り火をかき立てられるように明るい声が大きくなった。それをしおに、おやすみねと私は言った。

それから、タクシーを呼んで私は駅前に戻った。東口広場の高層ビルの一つがビジネスホテルになっており、そこに予約が入れてあった。部屋の窓の向こうはさえぎる建物もなく、湖面があるあたりまでわずかな明かりがちらついているだけだった。ときどき、下の舗装道路を車の光が行き過ぎる。

窓のそばに椅子を寄せて、カーテンを開けたまま、私は缶ビールをのんだ。

翌朝、カーテンを引いた時、雨の景色が明るく感じられたのも、この町に着いてからずっと夜だったせいもあるだろう。ホテルを出ても、その明るさが続いていた。帰りの上り列車も新緑の中を走り続けた。暖かい雨がまっすぐに降り注いでいるようだった。

ずっと昔、同じように春の雨の中を急行列車に座っていたことがあった。前の座席で、新婚の妻が、それらしいスプリングコートにピンク色の帽子をかぶって、しきりにあくびをしていた。

「奥さん、よう寝なさらんと」

土地の者らしい年輩の男が声をかけて笑った。私たちも無邪気に笑っていた。水田はすでに田植えがすんでおり、その先の低い山々も緑一色だった。それらの景色の上に、春の雨が豊かな重みにまかせてまっすぐに落ちているようだ。あれは、あの時期でもとびきり明るいひと齣のように思い出される。

切れ切れに眠気が訪れてきた。

炒り豆

中央本線には若い頃の記憶が染みついている。

私はその朝、新宿駅のプラットホームに立って、松本行きの列車が入るのを待っていた。天井が低く、駅舎全体が街の背の高い建物に囲まれているので、この場所はいつも暗い。わずかに駅舎の切れ目に高曇りの空が望まれた。数羽の鳩が飛び過ぎていった。かつてのように、萩原朔太郎を真似た詩句を心にとなえてみる。

「この大いなる都会に、小鳥も高く飛んでいるではないか」

中央線は新宿駅を発車してから東京の山の手地区を高架で通っていく。かつては東京の町でも高架鉄道は珍しく、中央線からは住宅の屋根が日に照っているのが見下ろせた。住宅の間を学校や欅の公園が過ぎ去っていく。校庭に沿って水泳プールが青い水を張っているのが眺めやられた。ついで左手に農業大学の校舎が見えてくるであろう。大きな都会である。立川を過ぎて、やがて多摩川を渡り、ようやく列車は丘陵地帯に突入していくのだった。いま私は老年の一人旅で、松本に向かっている。

あれはまだ学生の頃だったが、友人と二人で朝遅くに、小淵沢行きの鈍行列車が発車するのを待っていた。椅子の垂直の背もたれはニスを塗った木で囲われており、緑色の布地が張ってある。

両手を使って、これも木枠の窓を引き上げる。私は顔を傾けて、曇天が晴れていく空を見上げた。夏の休暇のことだったろう。私たちは小淵沢の近くに学生たちが借りている合宿所に出かけていくところである。

向かいの席に、やがて若い男女が乗り込んできた。私たちよりもっと若い二人である。小柄で幼く見える。ちょっとはにかんだように私たちに断りを入れてから、前の席に座った。山歩きのピクニックの格好をしている。あれは、この都会に激しく政治活動が渦巻き、そしてぱたりと、これが静穏化したあとに訪れた夏だった。私たちには話すことがあった。向かいの席の二人組は学生かどうか知らないが、いわば同類でないことはひと目で嗅ぎ分けられた。夏の休暇に出かけるパーティー同士が仲良く言葉を交わす、などということにはならない。予期もしていないのである。

列車が連結器のあたりでガタンと大きな音を立てて前後に揺れ、それからおもむろに発車した。高架を渡り、立川のあたりからは今度は丘陵に溝を切って、郊外をくぐり抜けていく。そして高尾の駅を過ぎれば、山塊に突き当たって列車は斜面を登り始める。前の座席の二人が、おたがいに袋をやり取りしながら、いり豆を食べ始めた。私たちとの間に、たぶんちらりと笑みが交わされたのであろう。娘のほうが袋を差し出して、私たち二人の手のひらにいり豆を乗せてくれた。

いり豆は口の中で砕けて乾いた音を立てた。私たちは相手の行き先くらいは尋ねたであろう。向かい合った座席同士の遠慮の構えは消えていた。大月駅で、彼らは丁寧なさよならの言葉を残して降りていった。プラットホームを歩く二人が小さくお辞儀をして、列車が彼らを追い抜いていった。やがて長いトンネルになる。トンネルを抜ければ、急に視界が開けて甲府盆地に下っていくはずであった。私は口に出して言う。「愛は王様のように寛大だ」。私たちは笑った。いり豆の味がまだ口に残っていた。

愛は王様のように寛大。長いトンネルの闇が終わり、葡萄畑がゆるやかな斜面に展開する風景が開けた。この昔の一句を私は口に出してみる。人生の何事も知りはしないのに、私たちはあの頃、すでに生活を傍観していた。そう思っていた。寛大で素直な愛にユーモアを対置していた。言葉をひねり出すとは、生活にたいするこの不埒な態度の証左にほかならなかった。確かにあの頃は、私たちは、ただこの一句を作り出すためにのみ生きていたのだ。こんなふうにいうことが、あの頃を思い出すのにもっともふさわしい言葉に思えるのである。

さあ、いまはもう秋。列車は山の斜面を右に大きく迂回しながら盆地に下りていった。

汝が生まれし日

家族とは哀しきものかお父さんが遊園地にてのむビール

西風の落葉ころがす公園に球を蹴りおり淋しき父子《おやこ》

音立てて落葉ころがる秋を行くつましき家族の幸せの脇

病室の窓の外は葉桜と母の記したり汝が生まれし日

何やらん思い出のあり駒込駅梅雨の晴れ間の高き曇天

武蔵野は煉瓦造りの燐寸工場冬の木立のかたえにありし

旅の場所

一ノ関

一ノ関駅を出てから列車は長い時間、なだらかな山間の緑の中を走っていたが、やがて北上川の広い川筋に出る。いや、そのはずであった。もう四十年も前になる私の記憶の中で、列車は川に沿って大きく北へ湾曲してから長い鉄橋を渡る。秋の午後の日差しが満ちており、列車の右側の窓から身を乗り出して、私は白々とした河床を眺めやった。周囲の山は低く、それだけに広々とした眺めである。彼方に鉄橋が長々と北上川を横切っていた。鉄橋を渡れば列車は大きく湾曲して、もう一度、南に向かう。遠くまで、はるばるとやってきたという感慨があった。

ところが、いっこうに河床が開けてこない。確かに水量の豊かな川筋に列車は入ったのだが、依然として緑の谷あいである。セメントを採掘する町、この地方の観光地になっている渓谷の入口駅などに列車は停車し、じきに湾曲部の頂点のあたりを過ぎて南に向かい始める。地図にもそれとわかる大きな湾曲である。それなのに、はろばろとした転回の加速度に運ばれる感じが訪れてこない。車窓は大きな一枚ガラスで、煤煙の匂いのする風に額をさらすこともできない。そのまま低い山並みの緑を東に走り続けて、列車は気仙沼に着いた。

気仙沼駅を降りた時はもう夜になっていた。気仙沼でなく、あれは大船渡、あるいは盛の駅だったかもしれない。駅前から旅館まで、秋の夜の闇の中を手探りのようにして漁港のほうへ下りていった。私たちは巡検という地質学の見学旅行に来たのだった。上野駅から果てもない汽車の旅だった。当時、東北地方に縁のない者には、仙台の先は、盛岡も青森も地平線の端に重なって見えた。気仙沼も大船渡も盛も、遠い異郷の地名のように響いて、その後ずっと私の記憶に残った。

それにしても、北上川の河床を渡る列車の大湾曲の記憶は、いったいどこから来た幻だったのだろう。日本列島の大河にはめずらしく、北上川は河床を持たない。まして、白々と陽を浴びた氾濫原などはないはずである。それに地図で追えるほどの線路の湾曲であれば、川筋をめぐる転回ですむわけがない。かえりみれば明らかなことなのに、私はもう一度、この大湾曲を列車で感じたいとずっと思ってきたのである。大船渡の駅を降りた時も、啞然とした気持が私に残った。梅雨が明けるのも間近な季節である。大船渡の寂れた街に海から霧が立っていた。寺山修司の歌にあるような霧である。

盛あたりの鉱山を見学して、私たちは一ノ関に戻った。駅前は砂利を敷いた小さな広場になっており、周囲に小店が並んでいた。列車の乗り継ぎに間があったのだろう、私たちは食堂の一軒に入った。午後も遅く、客はなく、店には薄暗い秋の空気が淀んでいた。案内を請うてもすぐに応答がなく、私は暖簾を上げて、奥の厨房のあたりをうかがった。そこに女の顔が現われた。吃驚したような大きな目が私を見つめた。慌てて応接に出たこの店の娘であったかもしれない。

まっすぐな短い髪をした丸顔の少女である。その白い顔が、そこだけが厨房の暗さの中に浮き出ていた。微笑みも物怖じの表情もない、ただ驚いて見開かれた若い女の目である。

あれから、もう四十年になる。気仙沼に行く列車の大湾曲を思うたびに、私はレンブラントか誰かの絵のように娘の顔を思い浮かべる。むろん、順序はこの逆であるかもしれない。あの大きな瞳は私の人生にたいする危険信号であることを私は知っていた。案内を請う私の言葉遣いも私の格好も、土地の者でないのは明らかに見て取れたにちがいない。私はこの娘の幻に近づくことはできないのである。この感じ方は私の人生を人知れず、深いところで無効にするように働く。これを振り捨てなければ、私は知識を蓄めて世の中に出ていくことはできないのである。

一ノ関の駅前で始まったことではない。人生にたいするこの感じ方は、もっと過去から私の中にやってきたものであるにちがいない。あえていえば、これは明治文学の感じである。それなのに、その後も、私は幻影を忘れ去ることができなかった。

列車はゆっくりと上野駅に近づいていく。界隈の低い家並みが秋の陽射しの底に過ぎていく。ほとんど立ち上がることができないほどに、げっそりと疲労が私を押し包んでいた。

浅虫温泉

一

浅虫温泉とは名前がいい。青森市の近郊、青森湾に沿って夏泊半島を北上する途中にあるこの温泉地のことは、以前から聞き知っていた。最果ての地に海に面して古くから開けた小さな温泉、太宰治などの文人墨客もよく訪れたところという。いつか訪ねてみたいと、私は思ってきた。

この年の十一月の半ば、弘前の近くで泊り込みの会があり、その帰路にすこしばかり遠回りして、私は青森市経由で浅虫温泉に向かった。大勢の人が寄り集まった会が終わって、私にはいつものように厭人癖が嵩じていた。私はこの会の主催者であり、たくさんの人々の前で話をし、見知らぬ客たちと挨拶を交わした。会が終わり、人々はそれぞれの地方に散っていき、私は不意に一人で放り出された形になり、それはそれで嫌な孤独の後味を残すのだった。一人になることと、一人になることの苦さを消すことがともに必要と感じられた。

私の乗った列車は北に向かった。山の西向きの斜面に紅葉が展開した。盛りをほんのすこし過ぎた落葉樹の彩りが午後の光を受けて錆色に燃えていた。青森に向かうにつれて風が出てきた。

青森市からは浅虫温泉行きのバスに乗った。バスは市の東の近郊に寄り道してから、やっと海辺に出た。海辺の町の裏通りから白波が立つ青森湾が見える。バスが岬の道を湾曲するたびに、海からの夕日を受けて山の斜面が昏い色に染まった。

浅虫温泉は主だった旅館が高層化して、競って海辺に迫り出していた。シーズンを過ぎて客の姿も見えず、海風が叩きつけるように吹き続けていた。風の来る向こうに青森の市街が遠望され、津軽のあたり、低く垂れ込めた雲のあちらに陽が沈んでいく。海は表面の風波の下に青黒く冷たい色を見せていた。

私は海風に背中を押されるようにして駅裏に戻ってきた。古くからの旅館が駅裏の川沿いに散在しており、わびしい灯がほのめいている。その内のひとつが私の宿である。小さな日本旅館で、部屋の窓の下が裏通りになっている。時折り、どんという音を立てて海風が過ぎる。早めの忘年会であろうか、芸者を呼んで酒宴の座が階下の部屋で持たれている。切れ切れに地元の言葉の賑わいを聞きながら、浅い眠りが断続するようにして夜が更けた。

何時頃だろうか、手洗いに立ったついでに窓のカーテンを繰って、私は外をうかがった。風はおさまったようで、街灯のぼんやりした明かりが静まっている。ちょうどその時、カツカツという靴のヒールの音が聞えてきた。まだ若い女が旅館の脇を抜けて裏通りを向こうに歩み去るのが見えた。なぜか大きなスポーツバッグを肩にしている。こんな夜更けに、まるで駅に急ぐような格好である。三つ編みにして背にたらした髪が左右に揺れた。そして瞬時にして、ハイヒールの硬い音を残して娘は視界から消えていった。

それだけのことである。だが、床に戻ってから、それこそ場違いな光景が私の脳裏に浮かんでくる。アレキサンドリアだ。地中海に白波の立つアレキサンドリアの裏通りを夜更け、酔いどれの娼婦がざれ歌を口ずさみながら帰っていく。酔い痴れて、この都会に身を任せよと歌うのだと、ローレンス・ダレルが書いていた。目くるめくような彼我の対比に心を奪われたわけではない。「何処に、おまえはいるのだ」という、すっかりなじみになったリフレーンが今夜も私を訪れたというにすぎない。

坂道を転げ落ちるようにして、今度は本格的な眠りに私は沈んでいった。

アイスクリーム

列車の座席で抹茶味のアイスクリームを食べる。老年になってから、年に幾度か京都の研究会に参加するようになった。その途上の列車である。人前に立つ予定もなく、賢く振る舞うべき義務もない。ただの参加である。なんの構えるところもなく、朝の列車の座席に座って、名古屋が過ぎるあたりでアイスクリームを買うことが恒例のようになった。今回は幾度目かの春、若葉の頃になったが、空気は冷え冷えと澄んでおり、車窓の景色が遠くまで見えた。

私がアイスクリームという言葉に初めて接したのは、堀口大學の翻訳詩でのことだった。ハイカラな訳詩である。その中に、庭のテーブルでアイスクリームを食べる情景があったと思う。バニラの香りが匂い立つと。当時、わが国にもアイスはあったのだが、銀のスプーンですくって食べるアイスクリームとは別物である。本物を知るようになるのはいつのことだったろう。そしてそれから、アイスクリームを好んで食べるようになり、そのたびに堀口大學の詩のことが心をかすめた。

あれは大学院に通っていた頃だ。大学のそばに学士会館があり、庭に白いエナメル塗りのイスとテーブルが並んでいる。そこでバニラ・アイスクリームを食べた。すでに忙しい消費社会が始まっており、モダンという言葉も死語になりつつあった。それでも、振り返ってみれば、私にとって、あれは漂い流れる、短いモダニストの一時期であった。

六月　氷菓いっ盞《さん》の別れかな　　中村草田男

緑色のアイスクリームを食べ終わる頃、列車は大津のあたりに近づいていく。「まだ山科は過ぎずや……」という、萩原朔太郎の「夜汽車」の一節が心に浮かぶ。「甘たるきにすの匂い」。いや、いまは列車は正確に疾走するばかりである。私は研究会のあとに日を延べて京都を歩き回ることをしてきたのだが、どうしたことか、もうこの町が文章や歌を喚起するということが起こらない。老年ということであったかもしれない。京都に近づく途上が、わずかに一文を結構させるばかりだった。

産寧坂

京都に泊まった翌朝、私は五條坂の大谷廟を昇って、裏手の墓地に入っていった。おびただしい墓の連なりである。音羽川の急斜面をいっぱいに広がっている。名にし負う鳥辺野である。私の歩く足下にも無数の骨が折り重なっているにちがいない。踏み砕く音がする。そう思いながら、墓地を抜けて清水寺の境内に入った。そして、音羽の瀧をかすめるようにして脇道にそれて、清閑寺まで昇っていく。ほかに誰もいない。寺も無人の状態だった。

帰途、私は思い切って清水坂を下ることにした。久しぶりのことである。古来、人が出会い、人が別れる清水坂。それが、予想していたことだが、文字どおりに人びとでごった返していた。ほとんどが東南アジアからの観光客であり、これも文字どおり、清水坂は彼らに占拠されていた。気軽な和服のレンタルがサービスになっているのだろう、派手な着物姿の若い男女も多い。彼女らのかたわらをすり抜けながら、私は右に折れて産寧坂を下っていった。

以前、この坂を下りたのはいつのことだったろう。忘れたのではない。何か記憶を抑圧し、覆い隠すものがある。思いがけず、そんな気持がしきりにする。観光客の雑踏は私の視界から拭い去られて、昔に変わらない産寧坂の小店が軒をつらねている。話し声も消える。そこをひやかすようにして私は下っている。誰と、何をしているのか。それを思い出させない何かがある。古い名所図会に書き込まれた金雲の棚引きに似たような何かである。この坂の分岐点を入り、それからじきに道は平になる。その間の空気が抜け落ちている。ただ、つらい思いの片鱗だけが漂っているようだ。

産寧坂を下り、高台寺を回れば小さな西行庵がある。有名な「願はくば花の下にて春死なむ……」のゆかりの場所だという。私は女とこのスポットを訪ねている。ちっぽけでみすぼらしい場所であった。それでも、「総天然色」のスライドの映像のように、この場面の記憶が長く私の中にあとを引いていた。総天然色などとは、当時にしてもすでに死語に近い。それでも、暗い背景に映写されるスライドみたいに思い出は色を失わない。そして、いまになって私は思い当たるのだが、ほんとうは私の記憶は総天然色のスポットにあったのではない。総天然色を囲繞している闇の中に、私は記憶を包み隠したのだ。

産寧坂を下りても、人波はまだ続く。私はさらに西行庵に行ってみる気にはならない。そっけなく、八坂の塔の脇を下っていった。

金閣寺

生垣の端を回ると、池の向こうに金閣が見えた。すこし斜めからの方角である。派手な金色の衣装をまとって、それを誇示しながらも、ちょっとちぢこまって見せる小娘のようだった。生垣を巡るとそこに金閣がいた、という感じだった。若い女に再会したみたいに、短い時間、胸が震えた。

なんというい天気だろう。十月の朝である。砂利道には打ち水がされ、広葉樹の葉がてらてらと陽に輝いている。空気には底冷えもなく、湿気もなく、風に甘やかな香りさえ流れているようだった。

大勢の観光客と一緒に池を巡って金閣に近づけば、それはもう恥じらってちぢこまることもなく、なめらかな胴に薄い金の衣装を貼りつけて、のびのびと両腕をかざしている。金箔を貼った雨樋が肩にまとったリボンのように、うしろ髪のそのうしろにまでなびいているようだった。ここは観光客が記念写真を撮るスポットである。金閣は近々と衣装の縫い目まであらわに見えた。見られることの残酷さに、見る者はすこしたじろぎを感じるのだが、彼女は長いこと、そのように演じてきた芸術品なのだ。

若い頃、当時、京都に住んでいた弟と一緒に、嵯峨から北山、そして東山へと一日かけて自転車で巡ったことがあった。これも十月である。狭い京都の路地の向こうの空に、淡い夕焼けが広がっていた。その方角へ、東山の斜面を相前後して自転車は落ちていった。弟も俺も孤独だ。風が耳元で鳴り、私はそんなふうに感じていた。

特別公開とかで修学院離宮を見たのもその時だ。色づき始めた樹々の向こうに京の町並みが眺められた。建築や、庭の造作などそっちのけにして、私の眼はまず風景に向かう。町のたたずまいとか、日の彩りの移ろいとか、そうしたことに若い時は過度に目を奪われていた。それらは街や風景そのもの、つまり存在そのものの色合いや情緒というより、私のこの心の状態の投影のように思われた。

だから風景を前にして詠嘆が出る。詠嘆の言葉の連綿を抜きにして、それ自体の自然や存在というものは考えられない。言葉は当然にも伝統の音韻を踏む。それが日本の、とりわけ京都盆地の文化のありようではないか。私にとって、この心の振る舞いは負い目であり、克服しようと努力しても逃れることのできない負荷のように感じられた。

甘やかな風の吹く今日も、たぶん盆地の上空に薄い雲の夕暮が広がるだろう。それは毒々しく燃えるでもなく、泰西名画の中でのように厚みと動きのある夕焼けでもなく、高みに薄ものが色づいて消えていくような一瞬であろう。そして日が暮れれば、京の背の低い町屋は暗く静もって、玄関先に飲み屋の行灯が小さくともるだろう。夜というのに空は青さを失わず、白い雲が流れることもなく浮かんでいる。

けれども、いつの頃からか、京都に来れば私は金閣を見にいくようになった。かつてはむろん金箔は剝げ落ちていた。わびとかさびとかの建築物であったかもしれない。しかし、私はむしろそこに、小さな形を見てきたような気がする。建造当時の人びとが愛したにちがいないそのままの形である。前景の池も、背後の松の山も、上空の雲のたたずまいも、なくていいのだと思えるようになった。だから金ぴかに化粧直しされても、違和感はない。ただ、身内の娘が派手な衣装に身を包んで人前に出るのを見るような、一瞬の動悸がするのである。

その日の午後、私は仕事を短くすませてから、叡山線の電車に乗って鞍馬に行った。電車の窓にまぶしすぎるくらいの日差しだった。鞍馬には歩いて登った。さらに裏山から僧正ケ谷に抜けて奥の院に行き、そこから木の根道を貴船に下った。僧正ケ谷を過ぎれば、行き逢う観光客も途絶えた。奥の院では、家族であろうか、若い娘を交えた三人の男女が寄り添って一心に念仏を唱えていた。

紅葉の時期にはまだすこし早く、貴船にも人の姿はまばらだった。そうでなければ、背広にネクタイを締め、サラリーマンの黒い鞄を提げた格好は、奇異に見られたにちがいない。私自身、せっかく鞍馬道を辿っているのに、かつてのように情緒が風景を隔てたりすることもなく、勤めの帰り道と同じでそっけなく、物足りないみたいにも感じられた。けれども、これでいいのだと、なにかしら明朗なものが私の足どりに伴っていた。

五島

福江市の街なかには立派な城跡が残っていた。といっても建物の遺構はなく、堀と二重の石垣のまわりだけである。内堀の内部はいまでは高等学校が占拠している。県立五島高校である。見るからに列島第一の水準を誇示しているようだ。

曇天である。桜の季節は過ぎたが、空気が冷たい。朝、私は外堀を巡ってから石垣をくぐって内堀に入った。入口は高等学校の正門である。城の門構えを擬した小さな門扉が開いていた。朝九時を過ぎて人影はない。生徒たちはとうに登校をすませているのだろう。静まり返っている。正門からじきに本丸の石垣に達する。ここは文字どおり石を穿つようにして、狭い隙間が校舎へと道を開けていた。何という樹木か、ねじくれた古木が二本、入口の両側で、それぞれ石垣の侵入を食い止めるようにして踏ん張っていた。伽藍の仁王門といったところである。

その時、校舎の入口の手前のところに人影を認めた。バンが止めてあり、中年の男が一人、かたわらに立っている。メガネをかけた図柄の大きな男で、チェックのシャツに野外用のチョッキを着ている。どこかに出かけるところというより、町の中心にあるアーケード街のお店の主人のように見えた。そして、男とバンのかたわらから校舎の入口に向けて、少女が出てきた。高校の制服を着ているが、まだ一年生だろうか。それにしても小柄である。皮鞄と布の袋を重そうに提げて、うつむいてバンを離れていく。無表情で細面の白い顔がある。その歩き方が尋常でない。異様に遅い歩みで、地面を擦るように小刻みに歩を運ぶ。地面の一点を見つめて、よそ見もしない。機械仕掛けの人形の歩みである。

男が少女の背中に、指令とも励ましともつかず、声を掛けているようである。少女の小さな姿が、徐々に古木に挟まれた校門に近づいていった。依然として校舎からは物音一つしない。少女は明らかに遅刻なのだ。両親になだめすかされるようにして制服を着て、髪をうしろに結わえ、鞄とともに父親のバンで校門まで送り届けられたのだろう。それでも、とぼとぼと、まるで老婆の歩みのように、小さな娘は校門の向こうに消えた。終始を見届けてから、私はそっとその場をあとにした。

昨日は風の吹く晴天だった。私は午後をかけて、この島のめぐりを回った。車が峠の山道を抜けるたびに、入江の輝く海が飛び込んでくる。入江の先の岬には小さな天主堂が建っている。その先もまた、青い海と列島の小島の影である。かつては各地から船に乗って、信者たちが礼拝のために集まってきた。浜で真白な礼服に着替える女たちの姿が、天主堂の陳列棚の写真に残っていた。こんな天主堂が海辺に点在している。年取ったご婦人が数人、レースの被り物をしてマリア賛歌を唱えているところもあった。

そして暮れ方、私はこの島の西のはずれに出た。遥かな断崖がつらなり、その先に灯台が見えた。本州最西端なのだという。この先は茫々たる東シナ海である。夕べの光に海は白っぽく見えた。この先遥かに西方浄土がある。ニライカナイに似た地名が残っている。出帆したのか、難破して辿り着いたのか、遣唐使の由来が物語られている。

要するに私は、最西端のこの隔絶した島に来たのである。飛行機なんぞで海をひと飛びに渡ってである。いくつものバリアを越えてきたのだと、いまさらに思い到るのだった。島は本土から遥か西に隔てられている。福江島が列島の無数の小島に取り囲まれている。天主堂の点在する海辺の道が島を取り巻いている。

そして、福江城だ。堀と二重の城壁が本丸を包囲している。その中に、あの娘が向かった学校が建っている。小さな機械仕掛けの影のように、少女は最後の囲いを潜ろうとしていた。それまでに彼女が潜り抜けてきた見えないバリアのことが思いやられた。そして、ここから抜け出すために、これから乗り越えていくだろう幾重もの関門のことが。

風の回廊

春曇天秋篠寺は伎芸天小首かしげてなに問い給う

回廊を涼しき風の渡るなり樟の葉影の揺らめく御寺

冷えびえと五月の風の吹き渡り暗き御堂の影を行くなり

兵の眠れる谷を下り行けばわが生もまた往時茫々

昼下がり福井へ下る田舎駅*日の移ろうを眺めていたり

*米原駅で

ギヤマンに木漏れ日ゆらぐ長崎は若きおみなら日傘をさせり

北の街で　冬と春

紫色の街

夕刻、勤め先を退けて坂を下る折り、雪が西風に運ばれて斜めに降っていた。今日は終日、こんなふうに雪が盛んに舞うかと思えば、陽が差すといった天候だった。現に、坂の下方に広がる街の建築が夕日に染まっている。その向こうに海が鈍い色に光っていた。私はバスに乗って街へ下りていった。バスは何度か斜面のカーブを切りながら川筋まで下り、そこからは平地となる。三月の早い夕暮が街に降りてこようとしていた。

この夜は友人と待ち合わせがあり、私は大学病院前でバスを降りた。雪は止んでいたが、厳しい寒さだった。高層建築には夕日の名残りが色をとどめている。その上空では重そうな雲の団塊が不揃いに、低く高く寄り集まっているように見えた。雲の塊の下部、建築に接するあたりは青黒く、それが街の上空にまだらな影をなしている。雲のふくらみの部分は西に向けて夕日の色を残しており、それが下部の黒い部分のほうへ色を移していく。暗い赤とも、暗紫色ともいえる微妙な色合いに、低い空が色づいていることに私は気がついた。

冬の間には見たこともないような雲の色のたたずまいである。その色を映して、街もまた淡い暗紫色に染まっている。季節が移っていこうとしている。その一日の夕べ、しかも移ろいゆくこの瞬間の、一瞬の色を街がまとっていた。巷の騒音が退いていくように思われた。

友人と落ち合って、私たちは紫色の街の寒気の中へと入っていった。小さな料理屋の座敷に腰を落ち着けてからも、一瞬の町のメランコリーが私の脳裏を占めていた。私たちは言葉すくなに徳利の酒をのみ始める。ふぐ刺しのように薄く切って並べた平目の刺身が今夜の肴である。徐々に、酒が腹にしみていく。

その頃、私はRというバーを馴染みにしていた。独り用の私の場所であり、友人と別れてから、その夜も私はそこに向かった。街はすっかり夜のさんざめきを取り戻していた。Rは素人の娘が数人、アルバイトをしている店である。彼女たちをこの街に長いママが統率している。たぶん、しつけを厳しくしているのだろう。娘たちは気立てがよく、若い女の地を無自覚に振りまくということがすくない。私が誰であるか、詮索することもない。私は強いてにぎやかにする必要がなく、カウンターの中に立つ娘たちとゆっくりしたテンポで世間話をする。彼女たち同士の会話を聞きながら笑う。このテンポが乱れることはすくなく、私はここで何かが起こることを望んでいない。私に興味を持たれることを期待するような歳ではない。出来事といえることが起こらない場所として、私はここに馴染んでいるのだろう。閉店時間が近づくと、私はタクシーで家に帰る。そして、歯も磨かずに眠る。

その晩も、紫色の街の一瞬を潜るようにしてこの店に来たことを、私は女たちと話題にしようとも思わずに、記憶が酔いにぼやけていくのにまかせていた。

コンポジション

店の外の通りを、鈴の音が幾組も過ぎていくのが聞える。今日は小正月、どんと祭の夜である。町の人々が会社や地区の幟を立てて行列を組み、八幡神社に向かっている。晒しの帯、素肌に揃いの半纏を着て、腰に鈴をつけて歩く。神社の境内に入れば、半紙を口にくわえ、まっすぐに拝殿に向かう。それから、正月用品を小山のように積み上げて焼く火を中心にして、時計回りに回るしきたりである。

私は八幡神社の裏手に住んでいる。今夜は人通りを避けて裏道を下り、風亭に腰を落ち着けて、通りを行く鈴の音を聞いている。寒い一日で、昼間は西風が荒れた。昨夜の雪が清潔なままに残っている。この冬初めての積雪である。その雪を踏んで、私は裏道を下ってきた。風は夜になって止んだが、潔癖な寒気がつのっている。白く明るい雲の群れが高空を流れている。身の引き締まる寒さというのであろう。

私は風亭ではめずらしく座敷の席を独り占めして、くるみ蕎麦田楽を肴に酒をのんでいる。昔ふうに屏風を隔てた隣の席は家族づれで、男の子とまだ小さい妹が退屈して、時折りこちらの席を覗き込んでは、そのつど母親にたしなめられている。

私はこの正月の休み、やや専門的な本にするつもりの原稿を書き続けていた。全体に目鼻がついたといっていい、そう確認していい今夜の久々の酒である。そのせいであろう、コンポジションという言葉が脈絡なしに脳裏に浮かんだ。構成であり、作曲である。一文を構成するという趣で、私はものを書く。私にものを書く取り柄があるとして、それは構成力（構想力ではない）ではないかと思うことがある。骨を削り、骨を組むようにして私は論文を書く。作曲に似たところがあるのではあるまいか。

ことにブラームスを聴くと、コンポジションという言葉が浮かぶ。音を間然するところなく組み立てる作業の結果として作品があるのだと強く感じさせる。肉体労働にも似たこの作業から暗い情緒が滲み出てくる。「ブラームスがお好き」の、これが私の理由である。私の散文からも、あらかじめ狙ったのでない暗さや孤立感が出ればいい。

労働の終わりにも似て、酒が臓腑にしみていく。ブラームスのことから思いが飛躍して、トーマス・マンがどこかで書いた「暗鬱な情熱」という言葉が浮かんだ。踊り子に学生がひそかに思いを寄せている。その思いを形容した言葉である。ドイツの暗さであろうか。ヘルマン・ヘッセの『デミアン』もそうだ。ドイツのどこか北の町の冬、「神なしで人は生きる定めか」と誰かが歌う。

私は苦笑いを面に出して、取りとめもない酔いの思考を取りやめるように煙草をすう。隣席の女の子がまたこちらを覗いた。隣は帰り支度のようだ。母親が丁寧な侘びの言葉を述べて、一家は席を立っていった。私はずっとこの家族に好意を感じていたのである。また、どんと祭の鈴の音がする。帰路の鈴の音にちがいない。私もまたこの席を立って、八幡様の境内を抜けて家に戻っていくであろう。

絶対の春

私の隣の席には中年の女が二人、なにやら陰気な感じで話し込んでいる。介護保険についてらしく、ということは医療関係者なのだろう。向かいの席は若い男女である。男は小柄で表情が乏しく、うらなりのような黒ぶちのメガネである。二人ともよくのんで、よく食べている。色白の顔色はすこしも変わらない。女は近視の人によく見られるように目が大きい。大きな目を活発に動かして話をしている。肩までが表情と連動して動く。上半身を前に傾けて話す。初め、この娘は聾啞者なのかと思わせたが、違うようだ。

終日、春先の雨だった。住宅地の梅の残り花に、決まり文句どおりに鶯が鳴いていた。私は先ほどから一人で徳利の酒をのんでいる。この料理屋がある通りをすこし行ったところに天賞という造り酒屋がある。そこの酒である。真子がれいの刺身に息を吐くほどに山葵をつけて肴にしている。部屋の隅の席で背後は壁になっている。

先の近視の娘が席を立つのに目をやると、彼女の左手の指が全部欠けていることに気がついた。

私の席の斜め前方では、若い女の三人組が切れ目なしにお喋りをしている。すっかりこの地方の言葉である。その内の一人、こちらに顔を向けている娘は、なにかしらこの地方に特徴的な顔立ちのように思わせた。根拠もない話である。面長で髪をうしろにひっつめにしている。額は女にしてはがっしりしている。そして、切れ込んだように目が長い。どこかで見たことがあるような気がしきりにする。話の中に医療の用語が混じる。彼女らも医療関係者なのだろう。病院が多い地域の料理屋である。勤め先から連れ立ってやってきたのだろう。今夜は亭主にことわった上で、女同士が会食している風情である。

私は酒をなめながら、見るともなしに彼女らを視界に入れている。その内にゆっくりと得心がついてくるのだった。これは私が定期的に降圧剤をもらいにいく病院の看護婦ではないか。そうにちがいない。げんに私は今日、窓口で薬を受け取ってきたのだ。住宅地の中の病院で、塀から溢れた白梅の枝に風俗画のように鶯が来て鳴いていたのである。

料理屋を出て、この病院の脇を登って私は家に戻っていく。雨は小止みになっており、もう寒くはない。路傍の西洋楓の小枝についた水滴が、街灯を受けてガラス玉をつらねたように光っていた。酒をのんでも、私は自分のことも世界のことも、思案したりしなかったなと気づくのである。

この数日前のこと、午後、私は北山を越えて梅田川に下り、その南斜面を歩いていた。周辺の町並みは行き止まりの道が多い。リッジの背に沿って歩こうとして傾斜地の小道を登ると、民家の庭先で行き止まりになる。まるで櫛の歯を伝うように行きつ戻りつを繰り返しながら、私は梅田川の陽の当たる斜面を北に出て、さらに小松島から高松の与兵衛沼にまで足を延ばした。しょうもない住宅街の光景ばかりである。

風のある晴れた日だ。身体の影が私の前に投げ出されており、私は影を踏むようにして上り坂の石段を登っていく。影が濃い。もう冬と春の間を気象が行ったり来たりすることはないのだ。季節の列車は後戻り不可能に春に向かっている。風と光とこの影の構図の中に、「絶対の春」があった。

花冷えは街の季語か

揺らめきてくれない怒髪天を突く時雨駆け来る夜のシクラメン

どこならん雪野の駅の薄明りわが乗る汽車は止まりて発たず

ようように風は落ちて二月曇天広野に満てり昏き光は

子供らを追って駆け行く砂ぼこり日差しは春の色に傾く

朧月夜冷たき影を歩み行く花を待つ日の北の街にて

酒を酌み鯛の兜焼きほぐしおり初心な女と終りの男

散りて行く花を惜しみて果てもなしいずくか帰るわがあくがれは

喪失の空虚に耐えて濫費せよめくるめくかな花散り急ぐ
花冷えは街の季語か高曇り異郷の底を巡り行きたり

北山

「メランコリー」という言葉が思い浮かんだ時、さっきからの気分は腑に落ちた、と思われた。北山の小道を登りつめると、狭い尾根道から街の中心部が眺めやられた。北山と青葉山から向山へとつらなるリッジに抱かれるようにして　街はひっそりと静まっていた。休日のせいか、車のざわめきも上ってこない。高層ビルの西の側面を日差しが染めている。冷涼な風が芽吹き始めた木々を渡っている。

この年の春は、北の地方からなかなか寒気が抜けないようだった。今日も午前中は雷交じりの雨があった。私は初めての道を通って、北山のこの尾根まで登ってきた。この街は斜面の道の多くが行き止まりで、尾根道を横に移動することが難しい。今日もほんの隣の道を辿れるところまで登ったのだが、国鉄の線路が走る崖に阻まれて、福祉大学の脇まで逆戻りした。

街の風景に背を向けて、私は北のほう、見知らぬ住宅街へ下っていった。北山の外側にはさらに中山へと続く丘陵がつらなっている。北の空には厚い黒雲が棚引いていた。雲の層に挟まれるようにして、淡くホモジニアスな青空が広がっている。稜線のあたりには、青空の広がりが明るい。それが黒雲のつらなりを暗い紫色に染めていた。この北の斜面にも住宅が建て込んでいて、合間に新緑が芽吹いている。それでも、北山の尾根から眺めたこの都会の中心部と比べて、湿ってほの暗い谷あいの道のように思われた。北の稜線がかえって明るい。

千代田町、菊田町、それから中山二丁目へと、私は懲りもせずに尾根に平行に歩こうとしては失敗しながら下っていく。結局、北山駅のガードまで戻って、そこから梅田川を渡った。川は林間に渓流となって流れていた。私はほとんど方向感覚を失いかけていたが、そのまま中山への丘を登ったところで、不意に展望が開けた。向かいに、広大な貝ヶ森の住宅団地が広がっていた。

貝ヶ森団地は私の住まいから坂を登りきったところに、ゆるやかに北に向けて散開している。早い時期に開発された一戸建ての住宅団地である。緑の沼と公園を中心に整地され、余裕のある街路に並木が整備されている。中山から梅田川の源をよぎって、私は貝ヶ森のまっすぐな街路を登っていく。紫色の雲と淡い青空のもと、この人工の街には暗さと明るさがまだらに交差しているように見えた。街路の先には人影がまばらな影絵のように揺らめいている。雲間から斜めに日が差してきて、乾いた風が水脈のように流れていた。

以前もどこかでこんな光景の中を歩いたことがあるような気がする。「メランコリー」という言葉とともに、記憶が形を取り始めた。人びとが、住人も私自身も、生まれ暖かい血の色と臭いを欠いている。それらはこの紫色の風景の中で、文字どおりに影絵のようなのだ。厚みのないシルエットが書き割りの表面を揺らめいている。人間の生活とは何であろうか。それが夢のことのように想いなされた。

私は池を囲む石段に腰を下ろして、春の噴水が夕日をはじくさまをしばらく眺めてから、車道を下って家への道を戻っていく。急激に、青空は夕べの空に広がり始め、乾いて涼しい五月の風が重量を増していくようだった。

緑濃きウンブリア

懐かしい、はかない夢を見て目が覚めた。野外のテーブルに女と座って、柄の長いグラスでビールをのんでいたようだった。次の週に彼女と共通の知人を訪ねる約束が交わされる。もう長いこと、女とは会うことがなかった。未練を残したまま別れて、唐突に今日になって再会したのだが、それなのに、次の約束を予定のようにして決めている。それが確かなことのように思えてうれしい。ほかの誰とであれ、久しい間こんなことはなかったことだ。テーブルの上には重い欅の枝が影を作っていた。

目覚めかけた意識の中で、これがはかない夢であることを知っている。夢の懐かしさと、夢であることを知っているむなしさとが、起床してからもあとを引いた。

五月から六月にかけて、この北の都会には重く涼しい風が吹く。空は淡い水色に晴れ上がっている。白い雲が薄く広がり、青空との切れ目も淡い。東の海上に冷たい気団があるためか、風には湿気とは違った水脈の冷たさが感じられる。梅雨の蒸し暑さが来る前の一時期、樹木が重い葉群をつける頃、きまって晴天にこの風が吹く。私は樹木の影を伝うようにして、勤め先へ向けて坂を登っていった。

数日前は、この街の友人の誘いで多賀城まで昼食をとりに出かけた。開館したばかりの歴史博物館のカフェテリアで食事してから、多賀城跡に登った。ゆるやかな起伏が南に向けて傾れていて、古代の政庁の正面階段の上から眺めると、港の方角から穏やかな風が吹き上げてきた。城址には正殿の礎石のほかは何も残っていない。周囲も昔訪ねた時と変わらず、低い草が生えているばかり、わずかに少年が二人、キャッチボールに興じていた。わが国の古い遺跡の例にもれず、開発をまぬがれた丘陵が残るばかりである。しかし、それにもかかわらず、はるばると懐かしい気持が広がっていく。そこに、海からの涼しい風が吹き渡っていた。

また数日前、暑く晴れた昼下がりに石巻まで出かけた。汗を拭きながら日和山公園に登った。正面が海である。低いが急峻な崖が海岸と公園を隔てている。海上は低い霧。そこから、これはもう文字どおり潮風が、吹きつけてくる。北側は旧北上川の岸辺に落ちており、造船所のある中州を挟んで、河はゆったりと海に注ぐ。

その昔、石川啄木も宮澤賢治も中学生の修学旅行で、この河を蒸気船で下って石巻に来たという。まだここが水運で栄えていた頃のことだ。歌碑が日和山公園にある。宮澤賢治は初めて見た海が想像していたのと違っていて驚いている。大きく重く、猛々しい生き物のごとくに見えたようだ。「この大いなる塩の水」というような詩句が詩碑に混じっている。

私は急な石段を海に向かって下りてから、北上の川辺に沿って繁華街のほうに帰っていく。重く透明な霧の流れのように風が吹く。有福亭という魚料理店で、よく冷えたほや酢を肴にビールをのんだ。

以前、六月にイタリアのペルージアに滞在したことがあった。「緑濃きウンブリア」という宣伝文句のとおりの季節だった。ペルージアは山の瘠せ尾根に建設された古い町である。そのはずれ、崖に面した公園の脇のホテルに宿をとり、野外のテーブルでビールをのみながら夜を待つ。夕日の中に公園を散策する人々がさんざめき、私は眺めながら杯を重ねる。この時に吹いていたのも、同じように涼しく重い風だった。

淡い黄金色の夕べが、わが「緑濃きウンブリア」の街にも訪れる。私は大学の構内を抜けて、にぎやかな街区のほうに下りていく。樹木の緑は濃さを増して、やがて重い闇そのものに姿を変えていく。建築は影を消して、夕べのたたずまいに紛れ込む。ただ緑なす風が、ますます色を暗くして吹き渡っていた。闇の水脈のように、女の髪のうねりのように。そしてきまって、夜の訪れとともにわが身の渇きを覚える。さんざめく街の光の中へ私は落ちていく。

亘理

亘理はつ子という名の女子学生がいた。当然、ワタリのワにアクセントがある。私が学生の頃、所属していたサークルが、毎夏、八ヶ岳山麓の清里に一軒家を借りていた。学生たちが夏中入れ替わり泊りにきていたが、私は比較的長期に滞在することが多かった。そんな夏、他大学からやってきた学生の一人が亘理さんだったと思う。理系の学生である。小柄な女の子という以外に、もう記憶はない。夜になって部屋に灯をともすと、大きな蛾の群れが押し寄せてきて、廊下のガラス戸に衝突を繰り返していた。

わたし、歯ぎしりするの、と亘理さんは言った。なるほど、襖を隔てて男女別れて床について電気を消す。蛾の衝突の音も絶えて、あたりが寝静まる頃になって、隣から小さな歯ぎしりの音が聞えてきた。聞くものを苛立たせるというより、きりきりとかわいい音である。きりきりと断続する。そのはかなげな音を聞きながら、私も眠りに落ちた。翌朝、彼女たちのグループは旅の次の目的地に向けて発っていった。以降、私は亘理さんに会っていない。

昼下がりにこの都会を出る列車で、私は亘理に向かっている。葉桜の季節である。車窓に緑が流れる。亘理はつ子という音の響きが、さっきから記憶の底で鳴っている。それが、きりきりという小さな歯ぎしりの音に結びつく。亘理さんの思い出は音の記憶なのである。

小一時間で、列車は亘理駅に着いた。駅前から陸側（西側）へ向けて、道路が何本か通じている。その一本を辿りながら、私は街なかに足を踏み入れていく。駅前からしてひどい寂れようである。ろくに商店一つない。ベッドタウン化したことが、街の破壊をいっそう進めたのだろう。どこか、淋しい街道はないか――、私はしばしばそんな風景を想像するけれども、亘理の街の寂れ方は無残というほかないのである。くちかけた平屋の家並みが続く通りを、私は城跡を探しながら歩いていく。

城跡といっても、いまでは小さな屋敷跡である。裏手に公会堂や野球場などの市の施設があり、そこを横切って亘理高校のある丘に登る。高校を潜り抜けて、私は裏手から城跡の小さな公園に辿りついた。かつて伊達一族の屋敷がここにあった。幕末には、奥羽列藩同盟が常磐道で敗北して、この地で降伏の調印をしたという。その後、一族は蝦夷地に移住させられ、北海道の伊達市をいまに残している。そのような事跡を記した石碑が立っており、あとは小さなお宮ばかりが残っている。私はお祈りをしてから城跡を離れた。南のほう、桑畑の向こうに春の重い曇天が立ち込めていた。

私は時間を見つけては街の表層をただ闇雲に歩き回っている。道の向こうにうら寂びた風景の一瞬が開けるのを求めている。風景が言葉を誘い出し、言葉を拒む瞬間を捜している。写真家がモノクロの印画紙一枚に焼きつけたいと願っているような一瞬を、である。『濹東綺譚』（昭和十一年）を書いている頃、永井荷風は東京濹東の場末を歩き回っていたようである。そして毎日、その有り様を日記に記した。

四五年来、わたくしが郊外を散行するのは、曾て『日和下駄』の一書を著した時のやうに市街河川の美観を論述するのでもなく、又寺社墳墓を尋ねるためでもない。自分から造出す果敢ない空想に身を打沈めたいためである。平生胸底に往来してゐる感想に能く調和する風景を求めて、瞬間の慰藉にしたいためである。（「放水路」）

長いこと、私も慰藉の一瞬を求めてきた。慰藉の一語を願って風景を歩いてきた。慰藉とは慰めでなく、許しである。私は許しを請うているのである。神が存在しないことは、なんという欠落だろうか。許しと、多少の慰めを求めて、神の御前で涙する瞬間が拒まれてあろうとは。

亘理の城跡からは、もう駅に戻るばかりだ。今度は新しく開けた道に新築の家が並ぶあたりを通って、私は駅前に帰っていく。亘理はつ子とは響きのいい名前である。

深海水族館

そのことに気づいたのは、五月の長い休日のあとになってからだと思う。取り立てて準備が必要な仕事もなく、暇ができると私はほとんど切れ目なく、どこかに歩きにいくか、本に取りつくかしていた。連続して四日間、列車やバスに乗って歩きに出かける。それも新しい風景を楽しむというより、せっせと時を歩み過ごしているといった按配である。支離滅裂に、新刊本を買い集めては読みふける。別に退屈はしない。求めて人に逢いにいくことを、以前にもまして避けるようにもなっている。煙草をすっても上の空で、すい終わるとすぐに次のしぐさのために腰を浮かそうとする。何かが途切れるのを避けているかのようである。

そしていっとき、生活の句読点に立ち止まってわが心を透かし見れば、そこにかすかに焦燥感が流れているのを感じ取る。ひょっとしてこれは、老人性の鬱状態というものではあるまいか。

この北の街に暮らして二年あまりになるが、私は時折りある酒場に一人で足を運んでいる。たいていは九時から十二時近くまでウイスキーをのんでから、タクシーで帰宅して眠る。この街に移り住んで初めてこの店に入った時、若くてきれいな素人娘ふうが数人、カウンターの向こうに立ち並んでいた。ほかに客がなく、私は中ほどの席に着いた。カウンターにはなぜか水色のガラス器が、さまざまな造作をして隙間なく並べられていた。深海水族館に紛れ込んだようだと、私は娘たちに言い、その感想を彼女たちはあとあとまで思い出して話題にした。娘たちはみな色白で一様に色の淡い服装をしていたので、美容院に紛れ込んだ気分もしたが、その感想は口にしなかった。娘たちのほかに、漆黒の豊かな髪をひっつめにした黒いドレスのママがいた。

概して、私は気持のいいいっときをこの店で過ごしてきたと思っている。娘たちはしつけがよく、押しつけがましくはない。世間話をして、彼女らがこの地方のなまりで話すのを聞いていればいいのである。笑うことも、自分のことを話すこともいらない。歌を歌うこともない。彼女たちの誰にも、私は関心を持たない。取り立ててエピソードもなく、私はこの店に馴染んでいた。けれども、生活の隙間に小さな焦燥感が流れているのに気づいてから、この店でちょっとした異変といえることがたて続けに起こった。ある晩、十二時が近づいて腰を上げようとした時、ママから誘いがあり、もう一人の娘と三人で近所にのみに出かけることになった。彼女らがそそくさと店じまいするのを私は待っていた。いつもよりは酔っていた。近所の店は終夜営業なのだろう、小さなカウンターだけの店で、入りきれない若者が店の外の路上に座り込んでのんでいた。私はこの街のこうした界隈に足を踏み入れる歳ではない。のみ代はママが払い、彼女にタクシーで家の近くまで送ってもらった。

そして、次にこの店に行った時だ。先に一緒にのみにいった娘が非番(古めかしい言い方だが)なので遊びにきていた。飛び抜けて色白の華奢な娘である。その彼女が私の隣に座ってビールをのんだ。今度街にスケートをしにいこうと、娘が言った。夏が近いのにスケート場が開いているのだという。若い娘のラフな服装をしている。小さな皮のチョッキをブラウスの上に羽織り、籐で編んだ物入れを肩に掛けている。私は彼女がこんなにも小さい体つきなのかと、あらためて驚いた。この時も、私はいつもより酔っていた。おかしな偶然で、そこにもう一人、非番の娘が顔を出したのだった。近くで友達とのんでいるとかで、達筆で「よっぱらいの私です」と書いたメモを私に残して出ていった。

異変といっても、これだけのことである。だが、ルールのちょっとした逸脱が起きているのではないか。そういう感想が私の中で尾を引いた。こんなふうに書けば、色町を舞台にした現代小説の真似のように響くことは承知している。しかしそれにしても、私の心の状態に、敏感に女たちが反応したのではあるまいか。長く保たれてきたルールを私のほうから侵害し、そのことが彼女たちの振る舞い方をもすこしだけ逸脱させたのではないか。女の中のこの手の感受性の鋭敏さが、いまの私には疎ましい。そんなことを気にすることが、そもそも私の心が深いところで平静さを欠いているからにちがいない。

この店でのむ〝体制〟を立て直すようにしてみよう。そう考えながら、私はいつもよりも長い期間、ご無沙汰を続けている。そうこうしている内に、この北の都会にも夏が来た。日常のビヘイビアにさしたる変化は感じられないが、春以来の焦燥感は消えていったものなのか、それとも死ぬまで続く伴侶として私の身体に住みついてしまっているのか。あまり定かではないのである。

どだい、明日の遠足のための準備万端を整え終えて、枕もとに衣服を揃えて眠るように、死を迎えることなどできるはずがない。事前の準備とは、おそらく私の母の家系に受け継がれている病理のようである。明らかに、私にもその傾向は自覚できる。私もそんなふうに生きてきたのかもしれない。いまになっても、この老人性の鬱状態を、私はあらかじめ取り押さえておきたいと思っているのかもしれない。それはしかし、不遜というべきことであるにちがいない。

花びらの流れる街

ある花曇りの昼下がり、私は坂を下ってときどき訪れる店で支那そばを食べた。ラーメンでなく、支那そばと称しているような店である。陽気が急に暖かくなり、それが幾日も続いていた。湿気が出て、丘のあたりが靄にかすんでいる。私は部屋の掃除と洗濯を片づけ、熱い風呂に入ってから出かけてきたのである。

冬の間、この三か月あまり、街を歩き回る余裕のない時間を過ごしてきた。気候のせいでなく、ほとんどここで生活していなかった。生活臭のない部屋の埃を払い、衣類と身体を洗濯し、春の訪れとともにまた一人の生活が戻ったかの感慨があった。

かくてまた私は、花びらが流れる街の表層を流れていく。高空の雲の切れ目に、冬とは違う淡い色の青空が見える。雲の群れが動いている。いくぶんか、初夏の空の動きに似ていた。その気象の動きが、なにがしか希望のような時間の感覚を喚起した。この感覚ははるか昔、ティーンエイジャーの頃のものに似ていた。

時の向こうに
あの青空の明るいこと　　　立原道造

私は休日の大学の構内を通り抜けて、寺町のほうへ歩いている。春の岬という言葉が脈絡もなく思い浮かぶ。どこかに春野岬というきれいな名前の娘がいるのではないか。これもハイティーンの頃、伊豆の半島を徒歩で一人旅をしたことがあった。峠を越えては入江に下りていくような旅だった。峠の先は断崖の岬になっている。雨を含んだ春の潮風が吹きつけていた。海鳥が風にあおられながら旋回していた。

春の岬
旅のをはりの鷗鳥
浮きつつ遠くなりにけるかも　　三好達治

春の岬という言葉の連想から、場面が暗転した。同じ伊豆の早春である。私は妻と娘を伴って、海の眺望のほうへと山道を登っている。そしてふいに、眼下に重い海が開けて、岬の崖から水滴まじりの潮風がまともに吹き上げてきた。海に下る急斜面に、岬の先端まで一面のマーガレットの群落である。白い花がいっせいに風にあおられている。この場面が想起されるたびに、どうしようもなく暗い気分が吹き上げてきて、私は一瞬たじろぐのである。気の利いた歌の一節など、いまも唱えたりする気にならない場面である。

私は連想を振り払って寺町を登る。見事な枝垂桜である。寺の墓石の隅に腰を下ろして煙草をすう。紅色の花の向こうに街のビルディングがもやって見える。これは至福の一瞬であろうか。満足とは違う。これも時の感覚であり、そこにいくばくかの余裕を私は感じ取っている。
こうして、北山の尾根を巡って私は帰宅する。雲が出始めた。私は新内のレコードを鳴らして、春の午睡に落ちていく。

楽しみばかりに
恥も世間も省みず
身を沈めたる深川竹の浮きづとめ

天空の風

東照宮の裏手当たりに小さな公園がある。この街を歩いていて見つけたものである。よく晴れた冬の午後のことだった。公園にはひと群れの白橡《しらとち》の木が植えてある。というより、明治時代に営林署が育てた橡の木をわずかにいまに残すために、この公園は宅地開発をまぬがれたのである。看板にそう記してある。だから大木であるが、刈り込んでいるのか天性なのか、橡の木はひたすらまっすぐに天に伸びている。下枝は何もなく、上空で隣の木と梢を重ねている。葉はすべて落ちている。灰色の幹が一本一本、鉛直に、ゆらりと立っているのである。風のない日なのに、上空で梢が打ち合って乾いた音を立てていた。

もうずっと昔、少年の頃、同じように天空に鳴る風の音を私は聞いていたような気がする。関東平野の一月、空はきまったように晴れ上がり、誘い出されるように私は家を出る。旗竿の竹の先端に取りつけられた金色のガラス球が風にあおられて、きらきらと反射している。竿がカタカタと風に鳴る。空は人工的に一様に、どこまでも広がった青である。

その日、私は電車を乗り継いで遠く立川まで行き、そこで青梅線に乗り換えて拝島の駅に降り立った。馴染みのない地域の知らない駅である。平野の北を限る山々がぐっと近づいて見えた。話をしたいからと、この町に住んでいるという学校友達の娘に、この朝、私は電話で呼び出されたのだった。探し当てた娘の家は私の住む下町に比べて、モダンなつくりだった。玄関はドアである。家族は外出したのか、家の中はひっそりとしている。庭に面した彼女の部屋は窓が高く、欅の林が向こうに続いているようだ。

男友達に裏切られたのだと娘は言った。そのいきさつは少女っぽいものに思えたが、彼女の一途の話し方には場当たり的なあいづちを拒むような響きがあった。非は向こうにあるのに、逆にわたしのほうが不実だと責めるのよと娘は言った。もうだいぶ前から関係は疎遠になっていたし、わたしの気持も離れかけていた。それなのに、いまになってこんな責められ方をするのが悔しい。私は言葉すくなに話を聞いていた。

机の角を挟んで、うつむいた彼女の小さな肩と耳が、私のすぐ前にあった。おくれ毛がうなじの白さを浮き立たせていた。いま、この肩を抱き寄せても彼女は拒まないだろう。こんな気持が、話の内容に大して同情を抱けないまま、さっきから私の意識に見え隠れする。彼女が無意識にも求めているのもそれではないか。だが、それはできないことだった。同情を装った不誠実を演じることが怖い。というより、いま彼女を抱き寄せることは彼女に対してフェアではない。彼女のほうでも、それを求めながら私と関係ない男友達の話をしているのだとしたら、私に対してフェアじゃないのだ。潔癖な肉体の関係、あるいは無関係が欲しい。

せっかくのいい天気だから、寒くならない内にすこし歩かないかと私は誘った。娘の家からすこし行くと、玉川上水に出た。流れに沿って、木立を縫うように小道が続いている。底にたまった落葉の上を豊かに水が流れていた。冷たくも鮮烈な冬の水流である。えんじ色の長いマフラーをコートの前に垂らして、少女は私のうしろを歩いている。言葉すくなに私たちは立川の方角に流れを下っていった。木立は下枝が払われていて、欅もクヌギもまっすぐに伸びていた。その上空に、均一な関東平野の青空がある。そして、ふいと立ち止まって彼女に話しかけた時、天空で木々の梢が打ち合う、乾いた、清潔な音を私は聞いた。

玉川上水を途中で右に折れて、立川の街に入る頃には夕暮が迫っていた。私たちは駅前に開店したデパートの屋上に上って、展望室の大きなガラス窓の前に並んで沈む夕日を眺めた。雲がわずかに山並みの縁に散らばっており、それらが最後の輝きを発して燃えていた。西には丹沢の大山が位置し、そこからぐるっと弧を描いて、平野を限る山脈が秩父から遠く群馬県のあたりまで続いている。屋上から見下ろすように、山並みは意外に低く見える。その中ほどからすこし西のほうに冬の富士が姿を見せており、ちょうど富士のところに、日がまさに沈もうとしていた。山並みの円弧に抱えられるように、こちら側に大きな平野が広がっている。夕焼けの空がすこしずつ夜の色を濃くしながら、私たちのさらに南のほうへとこの都会を覆っていくのである。

さて、東照宮の橡の木の小さな公園にも、夕暮が近づいていた。この街は西に山が近い。そのせいで雲の動きが早い。冬の夕暮とともに、雲は軽い紫色を帯びて太平洋のほうへと散開してくる。その西の山裾のほうへ私は帰ろうとしていた。橡の高い梢がまた乾いた音を立てた。私の遠い記憶の中で鳴っている清潔な冬の音とは、すこし違う。なにかしら、天空の墓場で、卒塔婆が風にこすれあって、音立てているように聞えた。

喪失の光まぶしく

待ち時間やり過ごすかの生き様かかくして成らず〈冬の日記〉は
少女一人雪の公園を歩み行く遠き冬の抒情は鳴らず
今こそは滑空の時鳶一羽雪の街をば睥睨するらし
黒々と雲居も土もこの街もさて如月は終わらんとす
暮せ！去り行く街に二月荒き気象になごみ見え始めたり
月煌々〈厄月〉二月悪しき月氷踏むごと乗り切りにけり
喪失の光まぶしくこの二月馴染みし街を去り行かんとす

風亭という酒場あり馴染みしが別れも告げで去りて来にけり

前を行く影濃くなりてひたすらにわが身は独り光の春に

蒼穹の眠り

敦賀

駅前の車溜まりに面してコーヒー店の看板を見つけた。大きなガラス扉の両側に鉢植えなどがごてごてと飾られており、昔ふうの喫茶店だろうと見当はついた。朝食の場所をほかに探しあぐねて、私は店の扉を押した。実際、薄暗い店内に模造革のたいそうなソファが五組、かたわらにカウンター席が並んでいる。近所の常連らしい男女が二人、カウンター越しに中年の女主人と四方山話をしている。

大柄で、チョッキにサンダル履きの主人らしい男が、水を入れたコップを持って注文を聞きにきた。モーニングを頼む。もう長いこと、こういうところでモーニングなどをとったことはない。昔の定石どおりに、厚切りのトーストを対角線に二分したパン、サラダ、それに茹で卵とコーヒーがきた。大都会では若者向きのカフェに駆逐されてしまったが、地方都市には見かけることのある喫茶店である。

食事の半ばに、店の扉が押し開けられ、逆光の中、新たに客が入ってきた。小柄でほっそりした老女である。黒のズボンにブラウスとも上っ張りともつかぬ上着を着ている。田舎の老人の定番のような、薄物に灰色の模様を散らした上着である。小さなバックパックが背に張りついている。私の向かいのソファ席に座って、カレーを注文した。

そういえば、扉の外に売物のカレーの表示があった。見るとはなしに私の視界に老人のしぐさがあった。カレーを食べ終わったのか、紙ナプキンを揃えて、添え物の茹で卵と福神漬を少々つまんで包んでいる。もったいないので持って帰るのであろう。コップの類をいちいち盆に戻して、食事のあとを整えている。面長な顔立ちで、肌が茶色の色つやである。髪はひっつめにしている。そうとうなお齢だと思われるが、老人臭いところが目立つということはない。ゆっくりとした動作がひっそりと丁寧に見える。近郊から駅前に用を足しにきた一人暮らしの老人であろうか。名も知らない地方の町で、こうして一人、静かに死んでいく人がいるのだ。

母の記憶が喚起され、その記憶が徐々に身に染みていった。私の母は倒れてから二か月近く病院のベッドにあった。意識は一度も戻らなかった。その時の顔つきがとりわけて、眼前の老婦人の面影にあった。母が亡くなって以降、もちろん無数の老いたご婦人方と行き合っている。あれから二年余、母の記憶が刺激されたことは一度もない。だが今回は、これからの旅の途次に記憶がまつわりついて離れまいと予測がついた。

老女が席を立った。革の小さながま口から千円札を出して、きれいに伸ばしてカウンターに差し出す。汚い食べ方で申し訳ありません、と店の者に言い、両足を揃えて丁寧に頭を下げた。カレーを食べ残したことを断っているのだった。いまどき、店の者にこんな言い訳をする客はいない。それが上品ぶったしぐさにも卑屈にも見えなかった。老人特有の奇矯というのでもない。彼女の生活のノーマルなしきたりのように思われた。おいくつになられましたかと、思わず言い出しそうになった。老婆はバックパックを背負って、すこし腰をかがめながら扉の向こうの逆光の中に去っていった。

この朝、私は普通列車に一時間あまり揺られて敦賀に着いたのだった。緑の季節である。雨の翌日の拭ったような晴天だった。路線はどこまでも緑一色で、乾いた海風に木々が騒いでいた。途中下車をして朝食をとり、この街を歩いてみようかと思っていたのだが、喫茶店を出るとその気はすっかり失せていた。吹き渡る緑の風の中で、気持が果てしなく暗いほうに沈んでいく。そういう気分があるのだ。

私は駅に向かい、上りの普通列車に乗る。敦賀から二つ目、山の斜面にへばりついたようなプラットホームに降り立って、乗り換え列車を待った。昨日は、京都の大学で若い研究者たちの集まりに参加し、一泊して今朝早く敦賀まで来たのだった。その先に行く気力がくじけてしまった。もう、研究会に出席するのも止しにしようか。プラットホームに風が渡り、かたわらで樹木がしきりに身もだえしている。細長いホームの列柱の向こうから、上り列車が近づいてきた。

その日は遅く帰宅したので、母はもうやすんでいた。居間の電灯のスイッチを押して柱時計を見る。十一時を過ぎたところだった。食卓の上にも、ソファの脇にも、プラスチック成形の目覚まし時計が置いてある。目覚ましの機能はもう働かなくなっているのだが、この手の時計は修理するより新調したほうが安く上がる。この家でも目覚ましの鳴らない時計が何台もたまっている。居間に明かりがつき、それらがこちらに顔を向けて、みながほとんど同じ時刻を指しているのが奇妙だ。

水をのみに台所に入ると、そこにも母の退職記念にもらった重い置時計がある。そして、居間はもとより便所にも洗面所にも、銀行のくれたカレンダーが貼ってある。家中、どこへ行こうが、時間が信号を発している。

今夜は急に人と会う用事が入り、私はそのことを母に電話している。いつもは三十分程度の違いで定刻に私は帰宅するが、間髪を入れずと評したいほど夕食が並べられる。台所の時計はこのためのものである。母は三時に買物に出て、その夜の献立の材料を切り揃えてから、夕刊を読んだり、テレビで相撲を見たりしている。私はこの手順を知っているので、急な用事の時は三時までに電話をするように努めていた。妻と娘が家を出てから、かれこれ十年ほど、こうした生活であった。老いた母が一日のスケジュールを息子の世話に従属させている。そういうことであったかもしれないが、いい齢をしても自分にばかり集中していて、私は取り立ててそのことに負担を感じようとはしていなかった。

けれども、今夜のように帰宅とともに「時間」がいっせいに私を振り向く時、この家がいわば時間を先取りするようにしつらえられていることに気づくのである。息子もまた、母親のスケジュールにおける一つのイベントなのだった。

母は時間を休みなく先駆けるようにして生きている。明日は久しぶりに女学校の同窓会に出かけるとする。すると、何日も前から会場までの手順を決めて、それを反芻するのである。駅まで歩くのに何分、とすれば家を出るのは何時でいい。天気予報では明日は雨だから、いつもよりはすこし余裕を持つ。着ていくものは前の晩に枕元に畳んでおく。そして床に入ってから、明日目覚めてからの手順をリハーサルする。明日久々に会うかもしれない昔の同級生に見せる写真のことに気づいて、押入れの中を探すために起き上がる。こんなふうに細部を点検して、しばしば夜を寝そびれる。夜と眠りが消去される。絶えずいまという時間を未来に向けて消去しようと先駆ける。

そして、ついには自分の死後のことまで手を打っておくのだ。葬式はせずに、遺体は献体する。そのように遺書を書いたという。白菊会という会員組織があり、死後一報すれば、すぐに大学の医学部から遺体を取りにきてくれる。ある晩に、母は長いことかけて、この会に入会する書類を書いていた。遺体は医学生の解剖の教材となり、火葬して遺骨が遺族に返されるのは数年後だという。そこまでが、母の手の内にある時間なのだった。

こんなふうに文字どおり時間の先取りを続けたら、ひとはもちろん気が狂ってしまうだろう。実際、時間を先取りするのは精神分裂病気質の特徴である。誰だったか、精神病理学者がこう言うのを私は読んだことがある。過ぎた時間をくよくよするのと比べて、これは際立った特徴だと。

私自身にも密かに思い当たるところはあるのだった。たとえばいまでも、私は会合や列車に遅れる夢を見る。遅れる過程を長々と夢に見るのだ。夢の中で、私は事に間に合うよう充分に時間をかけて準備を始める。しかし、そんなことは詮無いのだ。普段着のポケットから財布を移すのに次々に障害が発生して、信じられないくらいに時間を食う。列車の出発までの時間がこうして食いつぶされていく。破局が明白に近づいてきて、私は疲労して目覚めるのだった。

夜寝る前だって同じである。明日はネクタイを着用するから、朝は寝間着のままで歯をみがく、といった些事が頭の隅をかすめるのを避けることができない。もっと若い時なら、こうしたことは立派なしつけ、あるいは用意周到な性格の現われとして褒められることはあっても、特に気に病むべきことではなかっただろう。

けれども、いつの頃からか、私はここに「血のつながり」といったことを考えるようになった。むろん親の生活を見習って子は育つ。そういうしつけや学習のことでなく、社会性の底に気づかれずに居座っているような「血族」のこと、そんなことがこの私にもあったのかという思いである。

私は科学と民主主義の時代に、しかもそれらがとりわけ信じられたかの一時期に育った。そのためもあって、私に血族のことを考える傾向はない。あるいは、無意識の内にも、血のつながりという事実を私は避けてきたのかもしれない。私は思ってきた、家族は「思想の課題」たりえない、と。

実際、親戚付き合いのようなことに、私は小さい頃から冷淡だった。いまになって、私は母親のビヘイビアを観察する。それと私の性向との小さな、深い類似は、「思想の課題」や愛憎の問題でなく、社会性を越えた、ただの事実なのだった。

夜遅く帰宅して家は寝静まっている。そして部屋に灯をともすや、数々の時計のガラスの顔がいっせいに私のほうを見つめている。啞然として、私は一瞬を立ちつくすのだ。

平安

祭儀場の二階の小さな部屋は、型どおりに花が贈り主の名前と一緒に飾られ、その前に棺が置かれていた。祭壇にはスナップ写真からとおぼしい故人の遺影があり、斎場を見下ろす形で微笑んでいる。面差しがとても自然な写真である。部屋に足を踏み入れたとたんに、この写真に母は衝撃を受けた。突然、声を震わせて、知人の女性の肩にもたれて泣き声を上げた。あまりに生き写しの写真だと言った。私は母が声を上げて泣くのなど見たこともなく、泣く母を支えるのが自分ではないことも意識していた。読経が始まっても、隣の椅子に座る母の肩を通して動悸が伝わってきて、葬儀の中途で倒れるのではないかと心配させられた。

この日は電車を何度も乗り継いで、以前母の住んでいたこの町までやってきた。母の旧友の葬儀であり、享年九十六歳ということだった。暑い夏の日が何日も続いていた。最寄りの駅から夕クシーに乗り、ようやく午後一時前に斎場に着いた。小さな、三階建ての建物で、一階が事務室と受付、二階に葬儀場が一部屋だけ、三階が直会《なおらい》の場所になっているようだった。それらを狭い階段と、棺を上げ下ろしするための広いエレベーターがつないでいた。母は受付で、二、三の知り合いと例のごとく如才なく話をしてから、二階の祭儀室に入ったのである。葬式用の故人の写真を予期していたようである。

読経と焼香が一時間ほどで、葬儀は終わった。寒いくらいの冷房だったし、焼香台が回されたので親族席は座ったままでの焼香だった。ついで、棺の蓋が開けられて花を遺体のまわりに納めるお別れの場になったが、母はここでも友人に支えられながら泣き声を上げた。

遺体は別の町の焼場で荼毘に付されるという。葬列の見送りをしてから、私たちはタクシーをひろった。今度は母が、そして所帯を別にするまでは私自身も住んでいた町の、私鉄の駅に向かった。道すがらに見る町は見知らぬ家々が立ち並んでいる。それでも、見覚えのある商店がいくつか認められた。水戸薬局や子供がコロッケを買っていた藤森精肉店、中学校の通学路だった狭い小路も見える。途中に鰻屋があり、朝はいつも禿げ頭の主人がゴムの前掛けをして魚を割いていた。記憶が縮小されて、車窓に展開されていった。

タクシーを私鉄の駅で降りた時、遅い昼食をとることにして母は目の前の中華料理店を指差した。「平安」という名前である。駅前は昔から立て込んでいて再開発の余地がなかったのだろう、建物も道もかつてのままに見えた。駅の改札口を出るとすぐの正面が「平安」である。ラーメン屋というのではないが、看板ほどには豪勢な中華料理店ではない。年配の店員と母が今日の葬儀の話をしている。それから、故人とはよくこの店に来たのだと私に言った。奥の席を指して、いつもあそこに座ったと言う。私は平凡な衝立の向こうの席を一瞬の内に視野に納める。この時間、そちらの席には誰も客がいない。母の時間が空間に再現された写真のように見えた。私が家を出てからけっこう長く、母一人の生活がここにはあったのだ。そういう思いが唐突に浮かんだ。当たり前のことである。それでも、茫々たる時間の感覚が、一瞬、湧き上がってくるのを止めることができない。

私鉄の駅から私たちは帰宅の途についた。新しい電車の車体は広い一枚ガラスの窓である。母は言葉すくなに車窓の風景を眺めていた。

暗い列車

列車が山形駅を発車すると、すぐに窓の外は闇に沈んでいった。市街地は多少広がっているだろうに、外のこの暗さはどうしたことだろう。わずかに西の空、黒い群雲の底に、日の名残りが見えた。列車は国境の分水嶺に向けて登っていくのである。ときたま、踏み切りの灯りが過ぎていき、断続する警報がドプラー効果のようにあとを引いて聞えるような気がした。そして、すぐに闇が続く。

私の斜め向かいのボックス席は母親と姉弟の親子連れである。小学校の低学年とおぼしい子ども二人は、たがいの背中に字を書いて言い当てるという古風な遊びをしている。面白がっているが、騒いではいない。きれいな顔立ちをした母親は、向かいの席で子供たちに何の関心も示さず、無表情な視線を外の闇に向けている。その間にも、列車は分水嶺の長いトンネルに近づいていった。もう踏み切りも鳴らず、遠くに家の灯も見えない。

私は大学での集中講義を終えて、仙台に戻るところである。この出張講義に出る前の週に、東京で母親が骨折で入院したという知らせが届いた。帰京して母の手術の経過を見届けてから、私は山形に向かったのだった。病院で看護されているのだし、経過は心配ないと納得できる。それでも、こういう形で来るものが来たのだという気持は消せない。心配とは別の、漠とした喪失感が腹の底に居座っている。講義を終えて仙台に戻り、すぐに帰京する途上の闇夜を、私の乗るローカル列車は潜り抜けていく。

山形はなじみのない街である。大学にも初めて来た。雪は降らず、キャンパスの底に積もった寒気の中を学生たちがまばらに歩いている。風はない。建物の上空では高い雲がかすかに色を変えながら動いていく。仙台の空と違い、日によって動きが西から東へと逆転する。そして夕べともなれば、盆地を限る山々の上空に寒々とした日の名残りが広がる。街は暗く、人影もない。私は大学の外に出ることをあきらめて、学生食堂で夕食をとった。学生たちの小グループが食事をしている。メニューは貧しいものではない。私は食事をすませて構内の宿舎に戻り、風呂で温まってから眠る。集中講義は肉体労働と割り切っていた。

列車は面白山の下を潜り抜けると、あとは仙台に向けて下っていく。下り道も暗い。どこで下りたのか、向かいの親子連れはもういない。その席の向こうの窓の外、はるか下のほうにようやく仙台の街の灯が輝き出た。期待でも、驚きでもない。喪われた街へ私は戻っていくようだった。

二月の空

その朝、目が醒めた時、ふいに春が闖入してきたような感じを持った。薄ぼんやりした光が部屋にあり、空気が湿っているようだ。夢の底から急坂を急上昇するようにして、現の世界に浮上した心持である。時間の間尺を合わせるのに手間取って、頭がくらくらした。おれは今朝、どこで目覚めたのか。

母が入院して以来、週の内一日二日だけ地方都市の部屋で眠っては帰京するという生活が続いていた。今朝もこれから東京の家に戻るつもりである。春かと思ったのは、やはり錯覚で、外に出れば空気が冷えていた。ただ、雲が出て湿気が淀んでいる気配がある。冬も二月になれば、時に春の雲と光が挟み込まれるような日も訪れる。私は坂を下りて、いつも夜に酒をのむ店に立ち寄って昼食をとった。夜と違って店内が薄暗い。時折り、雲が横切るのか、障子に影が差す。動き始めた季節の列車。

私は帰京する列車の窓から斑な雪の野面を眺めている。雪解けを進めるためか、あちこちに焚火の煙が立つ。煙は田の上に低く拡散して山裾を覆っている。曇天が煙との境目もなく垂れ込めているようである。

私はこれまでに、「人生は旅だ」といった感慨を持ったことはない。事実、旅に出ても時間の散漫さに堪えられずに、じきに引き返す。家に寝転んで本を読むような過ごし方が身についている。放浪は私の流儀ではない。農民の家系から来る習性にちがいない。だが、私は地方都市に定着する日々を失った。そして、東京の母の家に戻っても母がいない。

私は病院に通い、家では毎日三度の食事を用意する。家事の細々した繰り返しがなんと多いことかと、私は驚いた。この家のハウスキーピングは、これまでやはり、母の仕事だったのだ。ここは母の家であり、母の生活のリズムに私は合わせて暮らしてきたのである。

その枠が失われた。地方で生活する時間も、母の家で過ごす予定も、これまでは大筋で私の気ままに決めてきた。いまではスケジュールをきちんと定めて、「自由席」はやめて、列車の切符を予約し、かの地とここを往復し、ここでは二日おきに病院に見舞いに行く。以前よりよほど決まりどおりの生活であり、自由や気ままという気持は捨てられている。生活に根ざした生活のはずなのである。それなのに、どこにも根がないという感覚が、胸のつかえのように蒸し返す。以前より自由でないのに、いやな自由の感覚である。

母の家ではたいてい、午後から駅まで歩いて病院に行く。今年は寒さが厳しく、暖冬に慣れた身には木造家屋の寒さがこたえた。天空に旗竿がカタカタと鳴るような関東平野の大きな冬空に、午後になると秩父の山のほうから黒い雪雲が舌のように伸びてくる。それが空の南半分を覆うまでに拡大していき、北半分には冷たい空の青が残る。天空が不均等に二分されて、南のほうに傾いていくように感じられる。そして夕暮になると、雲の南の縁のあたり、地平線が戦争でもあるかのように盛大に燃えた。

　しかしその間にも、二月の空は時に色を変えるようになった。分厚い黒雲が高空を覆って、風は吹かず、空気は湿り気を帯びてくる。暗い春の訪れである。夕方、駅から西に向けて帰路を取れば、雲の一部が穴のように薄くなっており、そこに日の名残りがある。昏い光である。かつて知らなかったような根無し草の感覚が、しつこくついて回る。母を失えば、私をつなぐ凧糸の最後の一本が切れる。私はそう予感してはいた。それとこれとはすこし違うのではないか。むしろ、決められた、縛られた生活の中で見る、放浪者の空の色である。

　寒中に忍び込んできたような春の曇天のあとは、暗い冷気が底に降り積もるような一日が訪れる。今年も、やはり二月は「残酷な月」というべきか。毎年、怯えに似た気持を二月には覚えるのであり、春が来れば今年は二月を乗り切ったかという、ちょっとした感慨がある。今日も、夕暮時の川辺を歩きながら、あとすこしだというような気持を抱くのだ。

存在の時へ

過日、母が骨折で入院した時はいくつかの短文を綴った。だが今度は脳卒中で倒れて、それから二か月あまり眠ったままで母は亡くなった。前回とちょうど同じ季節の入院だった。文章はならず、代わりに文字どおりの短い歌をいくつか、それで看病の時を過ごしていた。そのあげく、思えばあっけなく母を送った。当日は他出していて臨終に間に合わなかった。その夜の内に病院から直に、大学の委託業者が遺体を運んでいった。献体である。娘の家族が立ち会ってくれたが、彼らとも別れて、駅前ですこしだけ酒をのんで帰宅した。

私の母はちょうど百歳まで生きた。最後の一年ほどはさすがに呆けて、物忘れが目立ってきた。誰の老年にも訪れることである。外出時に私は、TV映画の録画のために電源を切らないでおくよう母に依頼する。だが、帰宅してみると電源が消えている。翌朝、やんわりと質してみるが、依頼されたこと自体を忘れているようである。忘れたことを忘れる。これはつまり、本人にとって忘れたはずの事柄自体が存在しなかったことに等しい。

そのようにして、ひとは多くを忘れていき、忘れたこと自体を忘れて、人生のイベントが存在を消去されていく。振り返って、わが身にとっても、ひょっとして私の知らない何かが私の身に起こっていたのではないか。確かめるすべもない。このようにしてひとは死んでいくものか。

ちょうど、ふとした意識の途切れに、一億光年の時が流れていたのかもしれない、それを確かめるすべもないように。

母は性癖として日常の時間を先取りするように過ごしていた。雪国育ちのせいか、洗濯と干し物にことのほか執心していた。庭の木から木へ、低く竹竿や綱を張って干し物掛けを作り、日差しの傾きに応じて洗濯物と布団を移していくのである、向日葵のように。それがある冬型の晴天に布団一式を干して、夕方取り込みを忘れた。布団を冷やした、取り込みを忘れるなど変だと嘆いて、しばらく落ち込むのだった。また、献体の会の年次会合に行くために、あわてて洗濯をすませて、すっかり身支度をしている。まだ一週間も先の話なのである。ずっと、予定が気がかりになっていたのである。

今日は、私が三泊四日の予定で韓国に行く日である。スケジュールを書いて、母の会合がまだ先であること、その日には私がガイドするから安心するようにと言い聞かせる。しかし、いつまでも私のメモを見つめて、サインペンを握りながら思案して動かない。朝食のあと片づけもせず、新聞も読まず、スケジュールがすっかり頭に取りついて離れないみたいだ。何度も説明しても耳に入らない。押し黙って、またメモを見つめる。スケジュールというものが解体して、それを組み立て直すことができない。メモを裏返して隠しても、またためくる。こうして一時間以上が経過するのだが、そこにたまたま隣組の人が来る。赤い羽根の募金の用件である。するとたちまち、口は滑らかに動き、愛想を振り撒いて、五分も雑談している。顔見知りでもなく、名前も知らない相手なのである。

時間の順番というものが崩壊する。現在、過去、未来が順不同に混乱する。そうであれば、日常生活自体が支離滅裂の混乱を呈する。じっとうずくまっているほかないのである。とりわけ、私の母は時間に順番をつけて、来るべき時をいつも先取りするように生活を秩序立ててきた。その崩壊に直面して本人が焦り、時間の取り集めに没頭する。だが、これは呆けの過渡期、やがて時間というものが順序も流れも失い、ただの存在と化する時期がやってくる。私は時間と格闘する母の暗い様子を見ながら、そう予期していた。冬のまばゆい午後に眠り続ける母に、この存在の時は訪れていたろうか。

まばゆき午後

たっぷりと白き木綿を干しにけり桃の節句の母の鼻歌

蒼穹というほかもなき空のもと母は眠れり冬の真昼を

今日もなお母は眠れり大いなる気団のもとにまばゆき午後を

母眠る夢の続きの切れ切れに聞くか寒夜を渡る風の音

「茗荷が採れましたね」と母に言う東風通う庭のかたえに

群れて揺れて朝の光の白木蓮母逝きし日の冬の戻りに

黄金色の重き蜜柑の落ちにけり眺め暮しし媼《おうな》の庭に

枇杷採りて甘く煮たれば弔いの季節今年も巡り来にけり

二

健康な生活

存在の風景

春先に風邪をひいて
煙草は止めた
オフィスの片隅でダンベル体操をひとしきり
エレベーターは使わない
そして夕暮になれば
この都会の空を鳩が二羽
はるか高くに飛んで行く
健康な生活の一日が暮れはじめて
生活の孤独が一段と降り積もっていく
夜中に酒ものまず
今夜もきっと
歯をみがいてから
坂道を転がり落ちるように眠りにつくだろう。

実際、私はその頃こんな生活をしていた。オフィスで口をきくこともなく、早く退けた。帰宅の途次、広い公園に立ち姿のいい欅の並木がある。幹は水を含んで、黒々と枝を伸ばして五月の風にあおられていた。

写真をしようかと思ったのも、この頃だ。子供の小さかった時期を除いて、写真機を持ったこともなかった。いまではカメラもどんどん小型化して、扱いも便利になっているようだった。写真をするとは、むろんスナップ写真を撮ることではない。私は写真が趣味の同僚に相談して、手ごろな一眼レフのカメラを買おうかと考えた。いつも鞄に入れておいて一瞬を捉えるなどと、私はプロのようなことを想像した。一瞬とは、もっぱら景色、風景になるはずであった。

その頃は、風景が一枚一枚、パタパタと齣を送るように見えるようになっていた。風に色が流れなくていい。情緒連綿はいらない。ピンでとめたように、風景は一瞬の見えだけでいい。そんなふうに思えるようになっていた。私の生涯では、初めての経験だった。だとすれば、すこし性能のいいカメラなら、ときにこうした風景の一枚を記録することがあるかもしれない。プロのカメラマンが言うように、カメラが目となるものであるなら。

その年に流行した風邪はノドに来るらしく、煙草がまずかった。長引く間に、自然に煙草から遠のいたようで、自分でも半信半疑だった。四十年も吸っていたのだからだ。しかし風邪が回復しても、煙草が吸いたい気持は忘れたように間遠になり、この程度の禁断症状ならやり過ごすこともできそうに思えた。禁煙の効果として、匂いが戻ってきた。梅の花の香りがした。生理上の、どちらかといえば悪臭も嗅ぎわけられた。部屋に充満する男たちの煙草の臭いにも気づいた。そういうものは、かつてもむろん私の周囲に存在していたのである。

半信半疑で、自分でも禁煙にびっくりしていた。それでも一日の内で、ああ煙草がのみたいと気づくことがある。予期したように、食後とか酒の席なのではなかった。いや、そういうこともあったのだが、むしろ、町を歩いていて一瞬、紙芝居の絵のように静止して、ある景色が見えることがある。この場面を前にして、身体が深いところから喫煙を要求するようだった。

別に絵はがきのように綺麗な景色でなくていい。家並みの上の雲の見え方が心を引く。すると、むしろこの景色と初めから一体のように、煙草を吸うしぐさがある。この景色の前に立って、ゆっくりと煙草を吸う。私は長いこと、こんなふうに生きてきた。煙草をやめることはこのしぐさを失うこと、つまり風景を、人生を、断念することのように思われた。それが未練だった。煙草を吸いたいという誘惑が抗しがたく思える一瞬である。プロが使うような一眼レフのカメラで、もしかしたら風景を記録できるかもしれない。そう考えて私は気づくのだが、この風景とはたぶん、それに直面して私の身体が深く煙草を欲望するような場面のことにちがいない。

さる日本人監督の映画のことだ（小栗康平「眠る男」、一九九六年）。山で転落して意識の戻らぬ男が、日本間に長々と身体を伸ばして眠っている。男は映画の始めから終わりまで眠り続けており、眠る男を通して自然が、風の音や月の光や花の精が、人々の生活と感応する。そういうことであったろうが、私が関心を持ったのはすこし違うことだった。

映画が始まってじきに私にはわかったが、じっくりと見つけ出し、あるいは凝りに凝って作り上げた風景を、作者は筋を欠く紙芝居のように齣送りしていく方針なのだった。なにげない風景など一場面もなくしよう。私のこの予想は映画が終わるまで当たり続けた。確かに、映画は音が拾える。樹木が生き物のように風にあおられるのを追うことができる。その点を除けば、一瞬の書き割りの不連続な連鎖で、映画は成り立っているように見えた。その場面の一つ一つが、まさしく煙草を吸う私のしぐさの向こうに存在するはずの風景のようだった。見事な画面の連鎖だった。

地方に旅行したのも、同じ時期の四月だ。人に会う雑駁なスケジュールをこなす合間に、城跡の公園に行って桜を見た。花はほころび始めたばかりで、並木が重なる方向を眺めると、梢が暗い紅色を滲ませたように見えた。芝生にまで覆いかぶさった枝の先端から、花が咲き始めているようだった。見事な古木である。その下に茣蓙を敷いて、人々の輪が宴を広げていた。

私が腰を下ろしたベンチからは、桜の樹々の重なりや花の宴が西の方角に眺めやられた。桜の向こうは、高曇りの夕暮の空だ。花の宴といっても、適度にまばらだった。拡声器付きの道具を持ち込むようなこともない。みな地元の人々のようである。笑いさざめいていても、私のところまで聞き取れるほどではない。酒と煙草の煙と花吹雪とが一つになるような、深い酩酊の記憶に誘われた。「春荒涼」の花の宴……。

私は缶ビールをのんで、かつてこんなふうに静かに、広々と田舎ふうの花見を見ていたことがあると考えた。同じ頃、一九八〇年代の初めだ。当時住んでいた東北地方の山間から車を駆って、北上平野を抜けていった。藤原氏の平泉時代からの出城の跡が台地となって点在している。その内の一つに行き会った。桜が満開である。といっても、都会の公園で黒くねじくれた古木が重なり合って咲き、まるで乾いた骨格が、一触ばらばらと崩れ落ちるように花散るさまとは違う。ここでは桜は丈高く、淡い花をつけている。

風通しのいい公園である。地元の人々が花見をしているが、込み合ってはおらず、座が乱れてもいない。音楽もない。中学生たちが男女三人ずつ円陣を組んで、なにやら素朴な、鬼ごっこのような遊戯を繰り返している。ゆったりと陽は傾いていき、風が立って、高い梢から花びらが横合いに流れた。中年の男女の一団から女が立ち上がって、舞踊のしぐさであろう、両手を水平に構えて旋回する。黄金の陽をよぎる花びらとともに、紙飛行機の旋回のようにゆっくりと。味噌こんにゃくを食べながら私は眺めている。静かで、のびやかに田舎くさい花見だった。

おそらくは酩酊ぬきに、存在の風景は立ち現われ、目の底に記録されていくものであろう。健康な生活が孤独を重ねて、情緒などみじんもなく、パタパタと存在の齣が送られていく。むろんもう長いこと、さような断念は重ねてきた。それと並行して、存在の風景が立ち現われてきたのだ。

それなのに、ほかならぬその風景が、いまも人生の未練を呼び覚ます。

アレキサンドリア

ローレンス・ダレルの小説にこんな場面があった。ところはアレキサンドリアの海辺のカフェ、主人公はオリーブの瓶詰めを肴にビールをのんで沖を眺めている。陽光にきらめく海は、白い波頭を見せてギリシャにまでつながる地中海だ。この男はイギリス人の古代ギリシャ文学研究者であり、先ほど市内のギリシャクラブのような集まりで講演をしてきたところだ。ギリシャ産のオリーブは、その折りにもらったものである。ギリシャ本土へは渡れない事情が、男にはあった。

私自身もときたま講演会に呼ばれることがある。若い頃には、なにがしか聴衆を説得しなければと構えるところがあったけれど、いつしか専門とするところをうまく伝えられればそれでいいと思うようになっていた。使命感めいて声高になることも不必要、それにタレントを発揮して会場を沸かす芸があるわけでもない。私が呼ばれる講演会が、自然科学系の啓蒙的なものに限られてきたという事情もある。取り立てて期待されているわけでもなく、私のほうにも格別に思い入れはない。

しかし、それでもいつも、講演会場へと向かう途次の孤独感には独特のものがある。そのよく晴れた秋の日、私は近郊の県庁所在地にある会場に向かっていた。急行列車で一時間ほど、雲一つない青空のもと、秋晴れの定義のような風景が車窓に展開している。私は今日の話の筋書きを反芻しながら、風景が眼球の奥を流れるにまかせている。数字など、記憶を確かめるために膝のメモに目をやることもある。

大いなる気団の底に秋の水淋しき村をかすめ過ぎたり

講演には誰の協力も補助的な道具立てもない。一人でマイクの前で話すだけ。話は目に見えない形で私の頭の中に記憶されている。私はそれを言葉として取り出してつなげていけばいい。それでいて書き物とは違い、私の言葉はたくさんの知らない人々の視線に向かって、たった一人で立ち向かうのだ。この立ち会いに向けて、なにかしらしっかり地に足をつけて身構えたいと思う。気分はその日常の入れ物の底のほうに徐々に沈んでいく。刀一本を頼りに立ち合いに向かう剣客、といえばむろん大仰だが、それでも助太刀もなく言葉一本を腰に差して旅を行くように感じられる。その感じが、高揚でなく決意でもなく、ひたすら孤独に沈んでいく気分の推移だった。

自分一人への過度の集中。列車を下りる頃には、ほとんど人為的な鬱状態のような気持ができあがっている。講演することは即興ではない。あらかじめ準備した内容そのものでもない。講演の実施自体ですらなく、講演するとは、それへと向かう列車の旅の自己沈潜にほかならないと思えるのである。

県庁所在地の駅を下りて、タクシーに乗る。タクシーは大きな公園を迂回して、丘の上の市の複合施設に近づいていくようだ。公園の桜並木が錆色に色づいている。それを地面に近い車の底から見上げるように眺めて、私の気分はまだ冷酷に沈んだままだ。複合施設は秋晴れの催しものが重なっているらしく、人々でにぎわっている。受付で講演会の講師だと取次ぎを頼み、係りの人に大仰に迎えられて、私はようやく人間の世界に入っていく。

その日、年輩の聴衆を前に九十分ほどの話を終え、二、三の質問に答えてから控え室に戻ると、驚いたことに私に贈り物が届けられていた。買物袋に無造作に入れられた栗であった。確かにここは栗の産地だ。近郊から話を聴きにきた農家の一人が、東京から来る講師への贈り物に持参したのだという。

講演会の帰途は往路とは違って、気分は空っぽになる。講演のことは忘れてしまい、といって本を読むこともなく、ただ車窓を過ぎる景色を眺めている。さて、これからどこへ行こう。ローレンス・ダレルは海辺に出て、波頭の向こうにオリーブの実るギリシャを偲んで、講演会の贈り物をつまみながらビールをのんだ。私は私への贈り物を開いてみる。大粒の栗の実は秋晴れの朝の畑の色つやをまだ残している。オリーブに比べれば場違いなほどふくよかで重く、豊饒な実りの色である。農耕民族の収穫の彩りだ。私の列車の行く先はギリシャでも、アレキサンドリアでもない。さて、これからどこへ行こう。

それでも、上野駅で列車を下りてから、私は酒場に立ち寄ってビールをのむ。仕事帰りの一杯のように、魚の切れ端を肴に杯を重ねた。一人でひと仕事終えたことにはちがいない。その空虚に酒がよくなじんだ。
それから帰路、私鉄電車に乗り継いで、私は詩のようなものを構想した。構想しながら眠ってしまったらしく、気がついたら電車は終点だった。講演会のおみやげは酒場に置き忘れた。

秋が来た
ものみながはじけるような晴天がつづき
つるべ落としの夜が来る
一九七〇年代も終わりの首都
残り少ない言葉を肴に
酒を交わして夜を過ごす

冴えない女たちの膝小僧を運ぶ
郊外電車の向こうに
見慣れぬ闇が広がっている
どうやら乗り過ごしてしまったようだ

ひび割れたプラスティックの椅子に

思案を乗せて
来る当てもない上り列車を待っている
駅裏の畑地に大根の葉は枯れ朽ちて
煙草の煙は果てしなく
夜の底を流れていく

帰るべき家に
私は戻っていく
そして　眠りの坂道を
転げ落ちて行くであろう
一つ　かん高い悲鳴を上げて

虚空の形

どういうわけか、西行の歌にはうまく心がのらない。たとえば、春、桜が散り惑う。この場に立ち会うことは、日本民族が一千年以上も繰り返してきたことである。

阿保山の桜の花は今日もかも散り乱るらむ見る人なしに（万葉集巻十・一八六七）
もろともにわれをも具して散りね花鬱き世をいとふ心ある身ぞ（山家集、一一八）
北上の水辺に花は散り惑う誰見る人もなきものを

最後のものは私が戯れに作ったものであり、真ん中が西行である。こんなふうに並べるのは無作法の極みだが、むろん作品を比べようというのではない。花が散り乱れる場面に立つ、ひとの心の差異を見たいだけである。私の作はべつに万葉のものの本歌取りとして作ったものではない。北上川の川辺を遡った時のすさびにすぎない。それにしても、期せずして両者の構図がそっくりになってしまう。それほどに、散る桜はいつも日本人の心をよぎって流れていた。

けれども類型的にいえば、散る桜を歌う万葉の歌人にはそもそも心というようなものはない。私もたぶん心というものに倦んでいる。ところが、西行はしょっちゅう心を歌う。小林秀雄に言わせれば、日本の文学史は西行に到って、初めて心、自意識というものを発見した由であるから、これは当然である。そして私はたぶんに、この自意識というものがうっとおしいのだろう。

明恵上人は少年僧の頃、高野山で西行から話を聞いたことがある。そういう前提で、明恵の弟子が西行の言葉を書きとめている（『栂尾明恵上人伝記』）

華を読むとも実に華と思ふことなく、月を詠ずれども実に月とも思はず、只此の如くして、縁に随ひ興に随ひ読み置く処なり。紅虹たなびけば虚空いろどれるに似たり。白日かゞやけば虚空明かなるに似たり。然れども虚空は本明かなるものにもあらず、又色どれるにもあらず。我又此の虚空の如くなる心の上において、種々の風情をいろどると雖も更に蹤跡なし。此の歌即ち是れ如来の真の形体なり。

これは西行の言葉として、当たっていないような気がする。西行は上人、法師と呼ばれていても、その信仰の内容や宗派は「粉然又雑然、何が何だかかいもく分からぬ」（川田順）という評価もあるくらいである。鎌倉仏教以前の人であり、また学僧でもなかった。それなのに、右の西行は「虚空」といった存在観に引き寄せられて解釈されている。のちの禅宗の観点でいえば、実体の否定である。そしてそれはそれで日本人に深く巣食っているものの見方である。

銀平はこのごろでもときどき、母の村のみづうみに夜の稲妻のひらめく幻を見る。ほとんど湖面すべてを照らし出して消える稲妻である。その稲妻の消えたあとには岸べに蛍がゐる。

（川端康成『みづうみ』）

なぜ存在事物が在って、かえって無が存在するのではないのか。これが西洋の不安であり、問いだとすれば、逆に、虚空に存在事物をかたどろうとするのが、この文芸のはびこる国の芸術家の置かれた場所である。「無が在るのでなく、かえって、存在者が存在するのではないのか」。そう仮定してみる。虚空はむろん実体ではないから、形も色もない。ただ、空を虹が彩れば、それが時における虚空の形であり、色である。そのようなものとして虚空に一瞬の形を与えようとするのだが、その形すなわち美というもののはかなさは自明の前提である。夜の稲妻は閃いて湖面すべてを照らし出すのだが、そしてその光景は私の心にきたって、ああと声にならない嘆きを私にもたらすのだが、岸辺に明滅する蛍とこれは別のことではない。

あるいは、水辺に桜が散り惑う。西行の歌にあるように、取り立ててこの私ももろともに散りゆくことを願うことはない。花とともに私も虚空を滑りゆくのは、私が花を見ることと別のことではない。だから散る花と別に、花を見るにつけて私の心の煩悶が迫り上がってくるというのは当たらない。私が、あるいはほかの誰が見ようと見まいと、花は水辺に散り惑うのだ。

いささか言い立ててみれば、西行の歌が私の愛唱歌とならなかったのは、こうした事情のためだったかもしれない。むろん心引かれる歌が西行にないというのではない。「命なりけり小夜の中山」のように、思い切りのいいフレージングはいつまでも心に残る。それに、西行晩年の作といわれるものがある。

高尾寺あはれなりけるつとめかなやすらい花と鼓打つなり
入相の音のみならず山寺はふみ読む声もあはれなりけり

老境の西行の耳に稚児たちの声が遠く聞えてくる。「やすらい花や」という囃し声と鼓の音であり、斉唱する読経の声である。それらは今日の静かな心に響いてくる声であり、また、遥か西行の子供時代の呼び声であるかもしれない。煩悩多いおのが心を持て扱いかねた長い遍歴も、いまや遠くにあるようである。この推移はまた、私のものでもあるかもしれない。

文体のレッスン

時に早くから眠って夜半に目覚めることがある。国道のバイパスを通る車の音であろう、低い地平線を行く戦車の果てしない響きのように聞える。そんな真夜中に、腹に応える心地でわが身の来し方を振り返る。

結局、戦争も革命もなかった。だから私は、自分がやさしいのか残酷なのか、土壇場で現われる能力といえるものがあるのかないのか、理不尽にも圧倒的なものの前でどんなふうに振る舞えるのか、試されることがなかったのだ。凡庸が幸せだというように生きてはこなかったはずだが、つまるところ才能の欠如ということなのだ。世の中がどうあろうとも、自分にも持て扱いかねるある過剰なものがわが身を追い立てる。そのようにして世に出ること、それが結果としての出世である。私はそのようにして有名、あるいは悪名を馳せる才覚を欠いていた。

眠りが戻ってこないままに、きれぎれの思考を働かせて、私はなおも思ってみる。私は物心がついて以降、この「私」というものを消去することに、つまり私というものを避けることに、本能的に注意を払ってきたのではないか。正視してはならない悪、いや恥のようなものとして私は私を幼時から知っていたのだ。

小さな罪を仲間の誰かになすりつけた思い出が、しこりのようにいつまでも残っている。ごく幼い時期から科学者になることを夢見て、そのためのコースに順調に乗っていく。いわゆる理科系の士官候補生の道を歩きながら、私は当然にも、数学の文体が人生の文体とは違うことに気づくことになった。自然科学者として大成した人々は、この点にどんな処理があったろうか、あらためて質してみたいような気がする。人生を中途から捨てたのではあるまい。たぶん人生が文体であることに彼らは気づかなかったということだろうか。とすればまた、文系や社会科学系の人々はどうか、要するところ、彼らも学者という点で変わりはないのだろう。

それにしても、いささか古めかしい、ちょっとロシア的ともいうべき「問題」ではあるまいか。知識階級は自分の出世だけでなく、世の中のために生きねばならない。時代のせいというより、田舎の知識階級の「家訓」のようなものとして、私にこの教えが与えられていたことは確かだ。歴史とは科学的法則の貫徹であるかにいう乱暴な教義が、そこにある一種冷徹な権力意志のせいで私の気に入った時期もあった。歴史法則のもとに「私」を「われわれ」に一致させることができるなどと、感傷にふけったことはないはずである。

その後、かの歴史の乱暴などが通用しなくなっても、私は用心深く私の文体から「私」を消すレッスンを続けたにちがいない。構造主義を自認したのもそのせいだ。「人間的なもの」を消去した概念の、概念それ自体の跳梁を記述する訓練をしたはずであった。

私は「われわれ」などという主語を使う学者の文体を嫌った。主観主義と思われるばかりに、故意に「私は思う」と私は書いた。それが私の主張であればあるほど、そこにほんとうは「私」

はいないのだ。個性とか資質とかが、そこに現われていなくていいのだった。むろん科学とか論理をもっぱら重んじたのとは違う。文体に味が出ることを狙うのは、もの書きとして当然のこと、しかし、この私や、私が何をしたいかに、私の文体はすこしも関心を持っていない。

たぶん、自分が思う以上に、これは風変わりなことなのだろう。科学の文体は別として、結局、人は自分に関心があるのだ。だからこそ、文章にポピュラリティーが出る。自己本意とか、商業主義とかをいうのではない。自分に関心を持つ人の自己主張でなくて、どうして多くの人を動かせよう。最良の、ポピュラーな文体には、最良の自己がある。だが、それは私の趣味ではない。私はわがままに文章を書いている。他人の理解など、どうでもいい。文章が売れなくともかまわない。そういうことではない。私というものに関心がなく、しかも私を主語として文章を書く、それがわがままなのだ。

それにしても、と私は寝返りを打って考える。私は訓練を重ねて、すべてを失う準備を周到に進めてきたようなものではないか。芸術と実生活という古くからの日本的なテーマがある。そのせいで、幼時より明治の文学に体質的ともいえる親しさを覚えてきたのかもしれない。あるいは革命前のロシアの文学に。私は後進国のこのテーマのヴァリエーションを生きてきたのだろうか。もとより、私にも実生活というものがあったし、いまもある。私の技能は実生活を限りなくテーマの背後に置くことを求めた。残ったのは、ほとんどポピュラリティーを欠く、きわめて特殊な技芸というようなものだろうか。

過ぎたことはいい、これからの私に何が残っているか。それこそ、いい歳をして懸念が腹にこたえる。バイパスを行く戦車の響きが、地平線から低く伝わってくる。戦争が始まったのだ、何の予告もなく。地平線の向こうに暗い春の雲が垂れ込めている。私にはすることがない。恐ろしい断定だ。個人主義的な実生活をわがままに送ること、空に雲が異様な見え方をする暮れ方を旅する。しかし、それが表現になりえないのは自明のことなのだ。

眩しい春

自宅に戻るため駅を出た時、やはり少々久しぶりという感慨があった。その年の三月の初め、私は心筋梗塞のために急遽入院して手術を受けた。幸い術後の経過がよく、一週間あまりで退院が許された。病院は二つ先の駅の近くにあった。私は身の回りの品を大き目の紙袋に入れて、今朝、病院をあとにした。

駅から自宅までの途次に大きな公園がある。梅が終わって、桜にはまだ早い季節である。欅並木は冬のままの鋭さを見せていたが、雪柳、こでまり、それに木蓮が花をつけ始めていた。春の曇天でもなく、関東の冬の晴天でもない。その移行期、両者が混淆する季節の天気であろうか。青空は高く澄んでいるが、白い雲が出て、時折り日差しを隠した。

私はふだんよりゆっくりと公園を抜け、中学校に沿って自宅へ向かう。水色の運動着をつけて、中学生たちがサッカーをしている。眩しい日差しである。すこし風があるが、もう冬の晴天の冷たさはない。高空に雲の端から日差しが現われるのを私は見上げる。平衡感覚がやはりまだ戻っていないのか、クラリとする。しかしそれでも、胸の底に紛れもなく小さな歓喜の表情がうかがえた。

昔も、こんなふうに眩しい春の日差しを見たことがある。映画でのことである。ベルイマン監督の映画。少年の通う高等学校にカリギュラと渾名《あだな》される冷酷な教師がいた。学業をサボれば容赦なく体罰の鞭が飛んだ。カリギュラの監視のもとで、男子生徒ばかりの教室が定期試験を受ける場面が、いやがうえにも緊張を高める。ところが、この教師は自宅近くに身分違いの若い女を囲っていたのだった。偶然のことから、この女と関わりになった少年は、カリギュラの秘密を握った。穴倉の奥のように暗い女の住処で、三人の絡み合いがこの冬を通して嵩じていくことになる。

この関係がどんなものであり、長い冬の終わりにどんな破局を迎えたのだったか、私はもう覚えていない。ただ一場面、女の住む穴ぼこを抜け出た少年が、外の光の眩しさに目を細める一瞬が、記憶に残った。暗く長い冬が終わったのである。北欧のまばゆい春の光である。少年の心には暗い歓喜と、出て行くことの決意性のようなものが宿っていたはずである。

もちろん、と私は歩きながら省みる。私も春の眩しい光をまぶたに感じているけれど、回復期のちょっとした明るさがこれに重なっているにすぎない。老人病からの回復である。若者は、若いというただそれだけの理由で、この病気にかかることはない病気である。いまの私には、もう暗くもなく決意性もなく、平明な光のもとに身体の小さな歓喜があるだけだ。春の日を駅から二十分ほど歩いて、私は自宅に戻った。一人わが家に落ち着いて、あらためて私は深く喫煙を欲した。

季節の列車

春近き川辺歩けば暗きかな汚れた町に雪の予感す

桜の実屋根にはじけて夜もすがらわが胸を撃つ散弾のごと

桜木は風にあらがい堅き実を振り払うらし五月の闇に

昨夜の夢悔恨の淵に深く落つ朝の光に消し去りがたく

梅雨一転黄金《きん》色に枇杷の熟れる日はかたえ涼しく風渡るなり

梅雨晴れにそっと歩めばわが町は珠算塾をば取り壊しおり

何処ならん遠き別れの六月にあくがれ止まぬ風の触覚

年金の受取その他緑陰を自転車で行く少年のごと

幾重にも若葉の自由支えつつ幹黒々と雨後の欅は

西片を越えて指谷へ落ちて行く曙坂に立ちしことあり

この秋は夢幻のうちに過ぎ行けりいずくか去りしまばゆき真昼

未練

夜半に久しぶりの雨があって、出勤バスの停車場までの坂道は濡れていた。まだ冬の盛りだが、今朝の空気には春先のような湿り気が感じられた。坂の上に高曇りの空が見え、風のそよぎもない。予期したことでないだけに、この早春めいた朝の空気がちょっと心を荒立たせた。

もう若い頃のように、浅い春の感触が全身を波立たす、などということはない。ただ、その感触の記憶が喚起された。総身に傷を負うごとくに、かつては春の訪れの感傷に心身が過敏に反応した。それはティーンエイジャーの私に、なにかしら、人生の底深い受動性として感じ取れた。不用意にも、そこに私は身を委ねたのだ。

いつだったか、私は都心の公園で小さな女のブロンズ像を見たことがある。風の強い日に島を出た幾子、というような題がつけられていた。こころもち唇を上向きにして、長い髪はうしろに流れ、小さな丸い額が陽を受けていた。春先の風に逆らって、ぐんぐんと少女は歩いていくようだった。朝の空を映す水溜まりが風に抵抗して小じわを立てている。

彼女の胸の内をひたす風の感触、それは希望や、決意や、欲望であったかもしれない。能動的な人生の追求というものだ。そのようにして、若者は何者かになっていかねばならない。そうにはちがいないのだが、欲望や決意も目的を実際的に決めているとはかぎらない。ただ身の内に横溢する感触に突き動かされて、幾子という娘も丸い小さな額を風に向けて、島を出ていったのかもしれない。

この年頃には、誰しもが、わけのわからない「動物的な衝動」を近々と感じ取る。ところで人間と違って、動物とは自然にたいして、もっとも受動的たらざるをえない存在ではないか。動物的な衝動に動かされる。ふつう、これは理性や社会の掟に従った行動と対比される。しかし、今朝、この春先めいた空気が私の記憶を刺激する。この記憶の中で、動物的な衝動のごとくに抗い難かったものは、反理性、反社会として獣の臭いを放つ感触ではなかった。もっと些細で、もっと抽象的なもの。動物的自然といっても、餌や生殖への本能というより、たかだか春先の風、その中を歩み過ぎる時に身に宿る何かだった。

「季節に傷つけられる少年」というように、その頃、私は形容していた。自然という存在にどこまでも受動的たらざるをえなかった生き物の歴史、私はその受動性のひとつの現われをこうむっていたのではあるまいか。動物的というよりは、むしろ植物的な受動性。それが人生の意義を見失わせ、貪欲な行動を深いところで腰砕けにしてしまう危険に、私とて気づかなかったのではない。怠惰にも、また意気地もなく、私はそれに流されてしまった。どこかで私が権力への意志を見失ったのもこのせいにちがいない。

そうにはちがいないのだが、たかが春先の雲と光のようすが私を誘惑する、その感触の独特さが私の人生の未練となった。今朝、湿った坂を登りながら、しきりに刺激される感触もまた、この未練である。

小娘らの生白いすねを見せて春が来た

この日、春先めいた空模様は冬空に吹き払われることもなく、夜まで続いたようだった。仕事を終えて、私は同僚たちと近くの酒場に立ち寄ってから駅に着くと、郊外が霧のため、電車の運行が大幅に乱れていた。確かに、家のある駅を降りると、霧が家々や電柱にまつわりつくようにして地に這っていた。霧は舞台の上にドライアイスの蒸気が沈降していくのに似ていたが、表層は街灯の光に滲み、その上の層には夜更けの夜気が透明度を回復しつつあった。私は腰から下の霧の層をかき分ける心地で、駅から家に通じる坂道を歩いた。

セザンヌに、サン・ヴィクトワール山へと下る坂道に、白い壁の田舎家が見える絵があった。家の手前の松の木も、道のわだちも壁にある黒い窓も、奇妙に揺らいでいる。私の家に下る坂道にも、宅地造成地のふちに二階建てが二軒、小さな窓をうがったモルタル塗りの壁を北向きの崖に向けて建っている。崖の下の造成地は売れ残って駐車場になっている。その間の坂道を家へと下っていきながら、見上げれば、崖の縁に建つ白い家が激しくゆがんでいた。

北の街で　夏と秋

五点鐘

もう長い間、休日に電話が鳴ることはない。たまにあったとしても、墓地の宣伝である。その日も、投げやりに受話器を取った。小さな女の声が私の名前を尋ねている。すぐにわかった。過去からのか細い声であった。女の胸の鼓動の音がした。そして、一瞬の沈黙。受話器の向こうに、数億光年の距離が横たわっている。「ああ、しばらくです」と、かろうじて私は答えたのだが、それが女に伝わり、ふたたび小さな声が返ってくるまでに、無窮の時が流れた。

それから、私は午後の散歩に出かける。今日は寺町をゆっくり回るつもりである。低温の日が長く続いていたが、久々の晴れ間だ。西の山間から夏の雲が立っているが、風は涼しい。寺へと昇る道に、昨夜の雨に濡れた紫陽花が溢れて咲いている。参道を風が通う。私は無窮の時の中を流れている。

昨日のことだ。曇天が低く垂れ込めていたが、雨は上がっていた。なんの変哲もない街に、曇天という異郷が圧倒的に浸透していた。私は街と異郷とのあわいを横切って歩く。私とは、あらゆるものが通り過ぎていく通路である。風景に私が溶け込み、万物を貫いて宇宙に広がるというのではない。こんなインド形而上学の神のごとき気持ではない。といっても、DHロレンスの夫人が書いたように、「私でなく、私を吹き抜ける風が」では、少々生まぐさい。

たとえばこの曇天の街路に、円を描いてみる。私が歩けば、円も自在に変形伸縮しながら、風景の通路となる。私とは、この一本の円弧である。風景への窓ではない。円弧はそもそも目に見えて存在すらしていない。だから、私も存在してはいない。それは風景である。しかし、ありのままの風物ではなく、どこにあろうと見慣れた異郷である。私は異郷を随伴させつつ歩きながら、私を失う。

今日は、寺への石段を昇りながら、杉木立を流れてくる風を感じている。私とは風の通い路というメタファーが思い浮かぶが、すこしだけ違う。私の円環は無窮の広がりを持たねばならない。感覚が、夏を迎える感覚が、今日は強すぎるのだ。水を含んだ木々を渡る風は涼しく、空気が水銀色に動いている。寺の鐘が短く鳴る。五点鐘である。鐘の音が風に流れる。

過去からの小さな声は、いつまた届くだろうか。

奇跡

終日、細かい雨が降っていた。大変な湿気で、私は用意した濡れタオルで額を拭きながら、授業を二つ終えた。これで春から六月までの講義を終了したことになる。夕方、雨が上がって西の空が暗い茜色に染まるのを眺めてから、私は駅前に出てクーラーを買った。クーラーの設置工事の日にちを確かめてから、バスに乗って風亭に、いつものように流れ着いた。

冷えた天然のほや酢を肴にビールをのむ。これは奇跡ではないだろうか。私は六月までの仕事を終えたのだ。来たるべき夏に備えて、クーラーを注文した。あと、夏までの仕事の予定は目に見えるようにお膳立てされている。しかしそれなのに、私は自失状態に陥っているみたいだ。充実した人生の、未来に向けたひと齣とは違う。人生はいまここに歩みを止め、悔いることも希望も、越し方も行く末も存在しないかのようだ。白いブラウスに黒のジャンパースカートという、昔ふうのいでたちの娘たちが細く甲高い声を発して給仕してくれる。ビールのあとは、お燗で一の蔵の酒をのむ。鰹の刺身をさらに注文するのだ。

私の隣の席で、学生らしい男が酒なしで夕食を注文している。そうだろうとも、私は学生とは違う。鰹の刺身で酒をのむことができる。そして、それを残りすくない人生の奇跡のように感じているのだ。時間という感覚はなんということだろうか。かつては、きゅんと収斂するように時間を経験することもあった。しかしいまは、細くなりゆく時間の航跡になにかしら余裕ともいえる人為的な停滞を作りたいのである。時間は過去から来て、どこかに向かうのではない。過度の自己集中、しかし絶望も希望もない。時間の穴ぼこのようなあわいにいて、一瞬、私はいま自分がどこで何をしているのかを見失う。来歴も今日してきた仕事も、そして夏までにすべき予定も即座には思い浮かばない。そのことが私を驚かす。

風亭をあとにして、私は遊歩道をまろびながら帰路につく。紫陽花が固まりになって路傍に咲いている。上空では、白い雲の合間に、淡い青空がまだらに分散している。なんという時間だろうか。右に左に歩みを遊ばせながら、私は今日の奇跡を考える。これは希望を欠いた一つの至福であろうか。不幸と対比すべき幸せではない、それだけが隔絶した幸せの時か。蒸し暑い仕事の日の終わりに、一人で冷えたほやを肴にビールをのむ一瞬。それははかなく、むなしい時の停止のようにも感じられた。

私が一人で暮らしている町

どの季節にも始まりともいうべき日がある。気象がある。私は昔、北国の都会に初めて雪が来た一日を想像することがあった。午後になって、その年最初の雪が散らつき始める。それが人びとを無意識にも追い立てるようにして、心の揺れが響きあって連鎖となり、ある人間模様が浮かび上がる。そんな空想である。雪が降った、ではなく、どうしてもタイトルは「はじめて雪が来た日」でなければならない。

しかし、いまは冬ではない。街路に並木の影がはっきりした濃淡をつけている。ほんの数日前の晴天のように、涼しく透明な風が渡る街路とは違う。樹木は風に揺れていても、涼味が感じられない。肩を剝き出しにして、娘たちが木々の影を踏んで闊歩している。私はバスに乗って駅前まで散髪に出かけようとしているのである。冷房の効いた車内から見る街の風景は、さながらガラス越しに水槽の中から世界を見るように、人工的な透明度を保っているが、街路にはすでに暑さが靄のように漂い始めているようだ。この都会に、今日、夏が来たのである。風に当たることもなく、空の光を見やることもなく、窓ガラス越しに夏を感じている。

私は夏の都会を闊歩するすべての美少女たちを愛している。君らが女になっていけば、その予備軍たちが代わって登場してくるだろう。この都会には街路と建築と、大いなる愁いの影があればそれでいい。君たちもまた、その影なのだ。生活の奥にも、愛憎のうねりにも、私は触れたいとは思わない。さながら乗物の窓から眺め過ぎるようにして、私はこの都会の表層を暮らしている。水槽の中で揺れ動く鑑賞魚と水草の眺めのように、平たく透明な都会である。しかも私のほうが、水槽に閉じ込められ、その外側に水を張った世界を見ているのである。ガラス越しに見る海の中に似ている。そしてもう、私はそのことに焦燥感を感じることはない。

私の乗るバスは銀杏の並木から欅の街路へと回転して駅に近づいていく。散髪をすませてから、私は魚と読物を買ってから、自宅に戻るだろう。そして心置きなく、エアコンをした部屋に寝転がって、本を読んで一日を暮らすだろう。

操車場

先ほどまでの曇り空から日差しが漏れてきた。私はこの都会の北の隅から、中央駅の操車場のあたりにまで歩いてきていた。この地域にも開発が及んでおり、向こうの丘陵地帯には高層住宅の建物が見え、手前には新しい道路に大型の店舗がつらなり始めている。店舗の裏側、むき出しのコンクリートに沿うようにして、未舗装の道が操車場との間に延びていた。水溜りが曇天を映している。古い枕木に鉄条網を張って、操車場は道から隔てられていた。丈の高い夏草が道にまではみ出している。操車場といっても、電車の倉庫のように見える。それでも、なにかしら古風な操車場の雰囲気が夏草の合間から窺えた。ひどく蒸し暑い。

操車場の古いイメージを私は思い起こしていた。たとえば、あれはジュール・ロマンの小説『リュシエンヌ』だ。国鉄の操車場の一角に官舎がある。夜になって、幾筋もの鉄路をまたぎ越して、男は官舎に住む娘を訪ねていく。灯りに線路の筋が暗い銀色に輝いている。近くの路線を列車が轟音を発して通り過ぎる。地面から鉄粉が舞い上がり、小さく火花が散る。敷地全体が鉄錆色である。鉄の重さ、硬さ、それらがぶつかり合う音、そしてすべての表層が錆色を沈めている。操車場とは鉄の染みついた場所である。そこを通り抜けて、男が娘の家族を訪ねていく。内心に、ちょっと荒々しい気構えが窺われる。給水塔の向こうが目指す家である。それからどうなるのか、物語は忘れてしまったが、夜の操車場の場面はいまも私に残っている。

わが国でいえば、国鉄の鉄道のイメージである。私は学生の頃、国労のストライキの支援とかで、東京は尾久の操車場に入ったことがある。取材のライトに照らされて、人影と組合の旗とが浮き上がっていた。その時も、私がまず思い浮かべたのはリュシエンヌの場面だった。

もとよりいまは夜ではない。列車はすべて電化されて、汚れた鉄の匂いも感じられず、鉄と鉄がきしみ声を上げるのも聞えてこない。私の思いももう鉄の重さ、鉄錆の色合いからは遠い。気持が浮遊しているのとは違う。遠景も、この蒸し暑さも、その中を歩む私も、やけに平板な、白々とした光の中にあるのだった。

しかしそれでも、水溜りをよけるようにして夏草の影を進むにつれて、進入する鉄路がいくつにも枝分かれして、操車場が紡錘形に膨らんでいくのがわかる。古い車庫の名残りであろう、レンガ建ての校舎のような建物が残っている。枝分かれした鉄路がそのまま切れてしまうのが垣間見られる。ここは鉄道の操車場なのだ。夏草に縁取られて紡錘状に膨らみ、やがて途切れてしまう鉄の敷地跡。

私の耳に遠く教会の鐘の音が響いて、鉄道の官舎の娘がわが身に問いかける声が聞える。

「泣いているのね、リュシエンヌ」

そして一瞬、轟音と火花を発して、鉄の上を鉄の重量が駆け抜けていった。夏草の陰に、私はしゃがみ込む。

水の乳房

古堂の風に流れて五点鐘梅雨の切れ目の銀の晴れ間に

手のひらに触れれば紫陽花《あじさい》ひんやりと小さき女の乳房のごとく

手のひらに紫の滴重きかな紫陽花は水の乳房のごとく

心をば何に喩えん暗き夕べ音立てず降る紫陽花の雨

授業終え帰京の切符予約せり夏雲の立つ古き駅舎で

ゲーデルの生涯に関する本を読んでから、散歩に出た。私の住処の隣が寺になっており、そこからなだらかに下って、北山の斜面が寺町になっている。小雨の上がりかけた九月の暮れ方、墓石になだれかかる樹木が暗い。林子平の墓がある龍雲院、そこから大願寺そして荘厳寺と寺が続く。多くが広い墓地を有している。彼岸が近いせいか、お花を供えた墓が多く、花は一日の雨の滴を宿して薄闇に生け花めいて生ま生ましい。白い萩がもう散りかけている。空は暗澹として、秋の焚火の煙が滲んでいるように見える。この街の住人になったという感慨がわずかに起こる。

また知識の英雄時代のこと、という読後感をいま読んだゲーデルの哲学からもぬぐえない。今世紀の前半、それも三十年代まで、数学も物理学も哲学も、ひとつの英雄時代だったように物語られる。私らはそれら物語を聞いて育った。結局、あのような才能が若い私には現われてこなかったのだと、いまにして思うのは当然だとしても、そしてそれは私の人生の真実を言い当てているにちがいないのだが、それだけのことだろうか。

私たちの時代になると、知の英雄たちが分野を超えてサークルをなし、そのようなものとして外部にも評判が響くというようなことは、もうなくなるのではないか。ゲーデルのあとも、むろん論理学の俊英たちが次々に名を上げていったようだ。しかし、その分野の外の知識人に広く喧伝され、いやでも読書人の耳に入る、というような学者はクリプキぐらいのものであろう。物理学でも事情は似たり寄ったりである。知識をめぐる状況が、何か大きく様変わりしたにちがいない。

知識はもう「有名人」には結びつかない。知識がそれだけ大衆化し、少数の知識人のサークルが特権化するようなことがない。彼らはそれぞれの業界の専門人となった。ウィーン学団やケインズのクラブで、誰と誰が出会っていたというような物語が成り立ちにくくなる。私もものを書いて発表していた。だからといって、そこに知識の付き合いが根づいたような経験がない。ただ付き合いのよさ悪さが人それぞれということであろう。

努めて社交を始めよう、この街で暮らすにあたって、そう「決意」した。そのひとつか、過日、大学の集中講義に来訪した哲学者を囲む席に入れてもらったことがある。この先生はもともとフランス現代哲学が専攻で、酒が回った頃になると、サルトル以降ポストモダンの有名人士の評判をあれこれ現地情報として教えてくれた。そうか、パリには思想の「芸能界」に当たるものが、やはりあるのだなと、得心がいった。デリダとかドゥルーズとか、彼らの書いたものをそれぞれの言論の戦略を抜きに馬鹿正直に受け取るのは、わが国の哲学教師たちなのだろう。

「サルトルはお嫌いでしょう」と、かのお客さんが私に向き直って尋ねた。「いえ、大好きです」と、とっさに答えが口を出た。サルトルは一九八〇年に死んだ。そういえば、驚いたことに、ゲーデルは（最後の二十五年間は生ける屍のごとくだったとはいえ）一九七八年まで生きていたのである。こうした事実が、あらためて一種の衝撃を与える。知識の英雄時代はとうに終わっているいると思って長くになるからだ。

北山一帯の寺の墓地はまわりの住宅に文字どおり包囲されている。住宅が押し寄せて、墓の区画に不規則に浸透し、墓地は金網を住宅の軒下に張り巡らして防戦している趣である。それが、寺町に期待する街並みの風雅を壊している。寺の金網と住宅の間の狭い道にまで車が容赦なく侵入してくる。住まいの優雅さがどこにもない街である。戦災のせいなのかといぶかるばかりである。散策するにもってこいの街ではない。その間を縫うようにして、私は飽きずに散歩に出る。

野草園

野草園に行った。芝の広場があり、その縁に萩が折り重なって花の枝を周囲に垂れている。赤紫と白の萩である。小さな花の一つ一つは、やや時期が経っているせいか、美しい色ではない。広場の斜面の縁、萩の群落の脇にベンチがある。そこから反対側の萩の色を眺め下ろしていた。以前に一度、野草園には来たことがある。ひとまわりほど歳が下の友人二人と一緒で、秋の晴天のことだ。広場に面して、いまと同じベンチに座っていた。広場にはところどころのびのびと枝を伸ばした欅の樹が、錆色の梢を風に泳がせていた。広場の向こうは森の木々が取り巻いており、そのずっと下のほうに市街がある。

私たちは何を話していたろう。いま、この場面を言葉を欠いた風景のように脳裏に思い描く時、そこには知の焦燥とでもいったものが、やはりあったように感じられる。何がどうということではない。あの頃はまだ、私たちも若かった。若いということは知識に焦燥感を失っていないこと。知識の中身や言葉のことはどうでもよく、ただ三人が秋の風に揺らぐ欅の立ち姿を眺めている野草園の場面がある。それだけが、懐かしくもいとおしい。

私たちはそれから酒をのみに街に下りていった。今日は、私は大年寺の急な参道を下って、門前町から昔の木流堀に沿って広瀬川に出た。雨模様の曇天である。広瀬橋から若林地区に入り、古くからのこの都会の下町、いまは樹木一本もない地域を歩いて連坊小路から新寺へ抜ける。寺町に寺が寄り集まっているが、都市計画の区画に押し込められて風情はさらにない。駅前のしゃれたホテルの食堂でビールをのんだ。

寒冷前線

この都会の駅に降り立ったのは午後も遅くなってからだった。二週間ぶりである。正面からプロムナードデッキに出る。西の方角、青葉山の上のあたりに雲が穴があいたように切れており、かすかな夕日の色がある。そこから市街の建築の上に、灰色の雲の群れが拡散するようにこちらに向かっている。高空に雲の動きがある。雲の群れは私の上空を超えて、駅舎の向こう、太平洋のほうにどんどん散開していくようだ。空気に冷たい湿り気。天気予報が言っていた。午後に前線が東北地方を通過すると。

私は速度の速い列車に乗って、この天気図の中に押し入るように帰ってきたのである。季節に動きが出てきたのだ。まだらに暗い季節の移動である。駅の玄関から市街の空気の中に放たれて、この北の都会に帰ってきたという語感が私を押し包んだ。

駅前からバスに乗って寺町の下宿まで市街をよぎる間に、湿った秋の闇があたりを領するようになっていた。この街に来て半年以上になる。私は暇を見つけては知らない街を歩き回った。風景が私の心に言葉を印字するのを待っている、待機しているような気持である。街角を曲がった折りにふいに風が変わったり、墓地の樹木の向こうに夕日がすかし見えたり、そんな折りにふいに言葉は私を訪れるはずであった。その時に捕捉することができれば、それでいい。いつか機会は訪れる。私は知らない街で暮らしているのである。しかし、記憶とない交ぜになった風景の言葉は、まだ私を頻々と襲うようにはなっていない。

下宿に荷物を置いてから、私は街の光と人の言葉を求めて北山の斜面を下りていく。風もないのに、路傍に雑草の細い葉が身もだえするように、いつまでも震えていた。知らない街を歩いては考えていると、東京の友人に弁解めいた手紙を書いた。

県立美術館

「県立美術館の食堂の昼食弁当はなかなかのものですよ」

出勤するとまもなく、この街の友人からこんな誘いの電話が入った。コートをはおって、私は都心に下りるバスの停留所に向かう。昨夜の雨も上がって、温かい晴天である。空気が甘やかに匂うような秋晴れだ。私もこの街の住人なのだという感慨がおかしい。

美術館の食堂の窓際に席をとって待つまもなく、大学のほうから友人がやって来た。中庭と低い建物の向こうに木々が盛んな紅葉を見せている。美術館の欅、それから亀岡に上る通りに並ぶ鈴懸の紅葉である。建築家が丈の低い建物を好むのも道理だなと感想を交わす。友人の研究室はコンクリートに汚れが目立つ九階建ての建物にある。そこから植物園や市街の眺望はすばらしいけれども、地面に住む者が見るたたずまいの美しさはまた、これとは別のことなのだと実感される。いうところの特製弁当が来た。

いい年をした男が二人、示し合わせて庭園の一角で昼食をとる。二人ともノーネクタイに背広という出で立ちである。アカデミックで、知的な余裕をも感じさせるような光景にはちがいない。ただ、私のほうはキャリアに先がない。学者仲間にそれなりの名声を得ているわけでもなく、そもそもそういう仲間づきあいをしてはこなかった。だから、友人との間にもアカデミックな世界の共通語があるわけではない。けれども、そういうことはどうでもよろしい。プロフェソールが二人、秋晴れの昼下がりに会食して、なにやら知的な会話を楽しんでいる。それでいいのだという素直な感想、それでいい。

昼食を終えてから、二人して美術館の裏手の庭園を散歩する。かねてから私の好きな場所である。広瀬川の崖の縁にあり、対岸の北山や国見のリッジが眺めやられ、その向こうに西の空が広がっている。美術館から鈴懸の並木を通って大学の構内に入る。雑木の紅葉の美しさ、この秋は紅葉に恵まれることになるという予感とも、予定ともしれない感慨がある。

大学図書館の脇で研究室に戻る友人と別れて、私は記念講堂から国際会館を通って、大橋のほうへと下りていった。

秋の喝采

実際、この年は紅葉に恵まれた秋だった。花に恵まれた春だった、と中世の人のようにしみじみと振り返る年があるが、それと同様なことである。この街に来て、初めての紅葉の季節を待ちかまえていた。張り切って名高い山寺まで出かけても、まだ木々に色はさらになく、崖にへばりついた寺の建物が、釈迦峰の上を飛ぶ雲とともに空中を浮遊するのを眺めて戻ったこともあった。

釈迦峰に雲は流れて山寺も空に流れる岩のきざはし
全山騒然として秋色深し漢語調なるわが心かな

国分町でのんでから定禅寺通りに出た夜更け、時雨に欅の残り葉が滲んでいた。桜と同じように、紅葉も手入れの行き届いた都会が一番きれいでしゃれているのだ。
また別の日に、北山の寺町に楓を見にいった。輪王寺の庭園が色の盛りで、光に透かした楓の裏葉の重なりがことにいい。この日はちょうど樋口一葉の命日にあたっており、「一葉忌とはこんなにも暖かな」（川崎展宏）という句があるのを知った。

落ち葉焚く煙たゆとう寺町に苛烈なりしか若き一葉
淋しさに慣れすぎたかと思うのだみ寺の秋はみな連れ立ちて

そんなある休日のことだ。今度は広瀬川まで下り、そこから対岸の丘を青葉山のほうに登った。林の中に遊歩道がよく整備されているのだが、これまでにも人に行き逢ったことがない。広瀬川沿いの崖に沿った山道を登り、金属会館に近づいて、やがて小さな尾根に出た。植生は疎林になり、陽の光が細い道に積もった落葉にまで差し込んできた。右手は急斜面で広瀬川に落ちている。国道を通る車の音が一様なノイズとなって這い登ってくる。しかしやがて、騒音とは別のかすかな音の群れが聞えてきた。

尾根の斜面には葉の小さな紅葉があちこちに生えている。斜面を吹き上がるあるかなきかの風の中で、無数の葉の一枚一枚が重なり合い、それらがたがいに上下して触れ合いながら乾いた音色を流し始めたのだ。葉は一様に小さい。それらが震えながら打ち合って、なにか自動機械の喝采のようにざわめき続けている。紅葉の葉は幼児の手のひらのようだというが、そのような肉感はない。背筋が凍るような幽玄というのとも違う。香りも味もない、乾いた小さな音の集団がいつまでも作り出されていた。それでいて、これは私の前で私のためだけに演じられる、かわいいいのちたちのはかない共演のしぐさのように感じ取れた。

私はいつまでも続くかそけき喝采をあとにして、やがてゴルフ場裏手の紅葉のトンネルを抜けて歩いた。雲間から時折り斜めに日が差して、騒然として木の葉が流れた。半ば自然、半ば人工の樹木のたたずまいと彩りである。ゴルフ場の芝地の向こうに市街地が頭を出している。大きな都会の淋しい人々の影のように、郊外の秋が暮れていく。

淡々と暮らしています

人ひとり夏の街道を過ぎ行けり見るだけの生かわれに残れる

淡々と暮らしています折々は詠むこともあり短き歌は

時雨散る黒き瓦に赫々と魚取る村に海からの光

知を捨てて一向に念仏せよと説く法然の碑あり寺町の秋

寺町の雨の秋を帰り来る饅頭を買う老人のあり

淡々と暮らしています秋日和日差しは今日も老いて行くらし

二身に別れ行く秋ぞ

その年の夏は例年になく、いつまでも暑い日が続いた。ようやく十月に入って、私は近くに散歩に出た。この都会を北に区切るリッジが北山の尾根である。私は迂回して、北から尾根に向かって登り道を歩いていく。坂の上から少女が一人、道を下ってくる。私の生徒のようだ。丸い顔に長く細い目、髪が肩に触れるくらいまでおかっぱふうにくせがない。紺の薄いセーターに長めのスカート、白い運動靴が坂を登る私の視界を捉えた。口をきいたこともなく、名前も知らないが、確かに私の生徒の一人である。

「こんにちは」と彼女が微笑み、立ち止まることもなく、私とすれ違っていく。

「ああ、こんにちは」。私も芸もなく応えて、すれ違う。

やがて、道は市街を見下ろす尾根に出る。かすかに風が渡っている。見晴るかせば、広くもない市街の建築が眺望の底に静もり返っている。遠い昔に、こんなすれ違いがあったかしら。想い出はあまりに茫々として切なく、もうどんな固有名も具体状況も浮かんではこない。しかし、どこかの秋にこんなふうに少女と別れたことはあったのだ。それは大げさにいえば、私の国の文化的な記憶の一場面である。

蛤のふたみにわかれ行秋ぞ　　芭蕉

しばらく尾根にたたずんでから、私は市街に向けて寺町のほうに坂を下っていく。墓地にコスモスが咲き、細かく風に揺れている。どこかが、何かが変わっている。すっかり、何かが入れ替わってしまったのだと、墓地を抜けて歩く私の感覚を頻々と突つくものがある。そうだ、暑い夏を挟んで、いまや、風景の気ともいうべきものが墓地から尾根の裾まで、そして空気の底から光の上層に到るまで、すっかり入れ替わってしまっているのだ。秋の気がさりげなく、しかしいっきに街を占拠してしまっている。文化の記憶のように思い出される少女の微笑。それだけが、秋の空気の中にいつまでも曳航していた。

金華山

鮎川港を出た遊覧船がしばらくして大きく左に旋回すると、前方に金華山島が見えてきた。中央の山頂に向けて、なだらかに盛り上がるような形である。全島が中生代の花崗岩の貫入岩体である。白い岩石の帯が島の海岸線を限っている。植生は松や杉のモノトーンではなく、樹齢の古い落葉樹が多いように見える。すでに紅葉を見せているものもある。古くからの修験の霊山である。

私は仙台駅から石巻に来て、そこから鮎川港行きのバスに乗った。十月末のよく晴れた日である。バスは風越峠を登って牡鹿半島を縦断する幹線道路を走り、時折り入江の漁村に下りていく。桃の浦、月の浦、荻の浜。美しくも淋しい入江である。低い防波堤のすぐ内側に浜の道路が湾曲して続き、傾いた電柱の列が走っていた。浜には人通りもなく、幹線道路から見下ろすのと違って、海が視線の高さに扇型に広がっている。バスは踏ん切りも悪く、浜の停留所を徐行して通り過ぎ、ふたたび高みを走る道路に戻っていくのだった。私はバスの一番前にある一人掛けの席に座っている。休日を利用して日帰りの旅に出てきたのである。

金華山は船着場からすぐに神社への上り坂になる。赤松の林を過ぎると、やはり幹の太い欅や楓の古木が目立つようになる。西方の神々の島みたいに広葉樹がびっしりと斜面を埋めているのとは違う。花崗岩の浅いくぼみに細い渓流が流れている。階段を上ったところに西向きの社がある。私は拍手を打って頭を垂れ、いつものように縁者の無病息災を祈った。背をめぐらせば、牡鹿半島の先端が指呼の間に逆光に黒ずんで見えた。

金華山の社は黄金山神社という。遠く天平の時代に、陸奥で砂金が発見されたことにちなんで開山されたという。この神社に私が祈ったのは、しかし金運ではない。この地方に住むようになってから、散歩や旅の途次、寺社の前を過ぎる時は、立ち止まって短い祈願を唱える決まりである。血縁の人びとの、それこそ無病息災を祈るしか、お題目は思い浮かばない。そして、ひとたびこのしきたりを始めてしまえば、寺社の前を無断で過ぎることが、なにかしら天罰につながるように思えてしまうからおかしい。

金華山の社にいつものように月並みのお題目を唱え終えた時、ここまでの短い旅の途次、私の気分の底にエゴイストという言葉が見え隠れしていたことが、ふいと意識に上ってきた。旅は短くとも、いわばアリバイ不明の時間を過ごすことのように感じられる。私はいつの頃からか、自分が利己的個人主義の人生を始めたと自覚するようになった。その利己主義の純粋培養が旅の時間である。実生活でも、この個人主義は徐々に適用範囲を広げてきた。そのように人生を終えるほかないと、私は覚悟する方向に追いやられている。

しかしそれでも、少数の血縁が私にもなお残っている。私の人生はとっくにこの人たちとの縁を裏切っているのに、表立って縁を切っていない。このためだろう、ある種の負い目の感情を断ち切ることができない。忘れることができるだけであり、事実、忘れる人生の時間を私は徐々に拡大してきたのだ。それでも、アリバイ不明の時間のために、留守番電話をセットして家を出る。そして時には、留守中の伝言を知らせるボタンが赤く明滅しているのを帰宅時に目にすることがある。一瞬、怯えに似た気持が走る。短い留守の間に無限ともいえる実生活の時間が経過していたのであり、その間に縁者の誰かに起こった危急を留守番電話の赤い明滅は告げているのではないのか。

牡鹿半島の美しくも淋しい入江の村を過ぎる時、私の胸の底に明滅していたのも同じ危急の赤い瞬きだったのだろう。金華山からの帰途は女川へ行く高速船に乗った。船室はほとんど空席で、私は牡鹿半島を左に見る窓際に席を取って、粉をふいたような夕映えが半島の向こうに消えていくのを眺めていた。窓のすぐ下を黒い小さな波頭が止むこともなく近づいては去っていく。原子力発電所の建物が遠望できるあたりで、とっぷりと闇が落ちた。

女川も淋しく小さな港である。入江を山が取り囲んでおり、係留する漁船にちらほらと緑色の燈火がともっている。観光用に海産物を売る市場が店じまいを始めていた。その建物の二階の食堂で港の灯りを眺めながら、私は秋刀魚の刺身を肴にして酒をのんだ。旅の終わりに。

闇の訪れ

大学の研究室の電話を借りて、私は遠いところに住む娘の携帯電話を呼び出そうとした。しかし、電話はつながるようなのだが、向こうの話が聞えず、雑音が入って、じきに切れてしまう。何度かかけ直している内に、私が週に一度受け持っている授業の時間が来た。

今日は、昼過ぎには娘のガン検診の結果が出る予定だった。この数週間というもの、暗澹たる気持で過ごしていた。別の病気の検査の折りに偶然、膵臓に腫瘍の影があると指摘され、娘はCTだのエコーだのの精密検査を受けたのだった。「怖いよ、お父さん」という娘の小さな声が聞える。膵臓ガンの予後と治療成績について、さる大学の研究室が専門家向けに公表している記事を目ざとく娘がインターネットで見つけ出す。私のほうでも同じ記事にアクセスしてプリントする。記事に載せられている生存率のグラフは、真に壊滅的な印象を与えた。理不尽としかいいようもない気持に、私も追い込まれていた。

ところが、どうやら誤診だったようなのだ。授業が終わってから、娘の電話は今度はすぐに通じて、診察経過の報告が聞えてくる。久しぶりに昼食がノドに通ったという。それはそうだろう。私はまろび出るようにして、九階建ての法文系の建物から大学のキャンパスに下りていく。

法文系の隣が図書館であり、その前を過ぎると背後の山から下ってくるバス道路と交差し、これを渡れば教養部の敷地になる。私はその一角のベンチに到って腰を下ろし、煙草をすう。学生たちが下校していく。風が出てきたようだ。まわりはすべて黄色から錆色に色づいている。歴史の古い大学の構内である。丈の高い樹木が短い並木をなし、その隣は別の種類の木々が一団となって紅葉している。

といった具合に、樹木がひと群れずつ種類を変えて構内の不揃いな建物のまわりを埋めている。雑木はなく、みなそれぞれの名前を持った樹木なのだと思わせる。それらが色合いも色づき方もまちまちに、落葉の季節を迎えている。西のほう、山からの斜めの光を受けて、キャンパス全体が黄色のパッチワークのように見えた。

私はキャンパスの黄色が夕暮とともに錆色に色を変えるのを眺めていた。葉群れが風に揺れる。落葉が降りしきるようになる直前、紅葉の頂点が滅びに傾れていく傾斜のように、梢が風に流れる。鈍い夕日が葉群れに散乱し、枝々を過ぎる風の通い路に沿って流れていく。建物の影に色を沈めていく木々もある。ひときわ黄色を輝かすひと群れもある。光と影がところを変えて移ろっていく。その速度が、風とともに速まっていくようだ。

私はその流れに逆らうようにして、その抵抗感を身に受けながら、心が鎮まるのを待ち受けている。しんと広がる虚無に着地するのを見届けている。騒然と音立てるがごとくに、時が闇に向かって傾れていくようだった。

私はベンチから腰を上げて、バス停のほうへ歩いていく。バスは大勢の学生を乗せて、木々の間を下る。右手は大学の構内、左手は川沿いの木立である。城跡の一角を巡ってから、バスは川を渡る。黄色の残光が山や谷の紅葉を覆っている。それからバスは街中に乗り入れていくのだが、街には十一月のつるべ落としの夕闇が訪れていた。並木の欅が街灯の光の中に全貌を現わす。街路を走るバスの窓の外に、今度は闇が、騒然と流れていくようである。

そうだ、映画を見よう。日本の、アクションの速い映画がいい。映画館の暗い底で、心が鎮まるのを呆けたようにして待つのだ。バスは駅の終点に近づいていく。

ひさ子

「幸薄い女は嫌いだと言われました」

娘は唐突にそう言った。誰か男友達にでも告げられたことがあるという口ぶりだったが、初め、「サチウスイ」という言葉が私には聞き取れなかった。「えっ」と問い直してから、「ああ、薄幸の美女なんだ」と私は応じた。

鮮やかな緋色のワンピースを丈長に着ている。剥き出しの色白の腕に朱が差したように燈火が映えている。美少女がするように髪を両頬に垂らしている。前回に見た時のくすんだ印象と比べると、見違えるようだった。

ヒサコという名前だと娘は言った。ありふれた綴りの久子である。幸薄い女にしては、なんとも気のきかない名前である。それに私は、同じ名前の少女を過去に二人も知っている。どちらも薄幸の美女ではなかった。

娘は猫を飼っているという。ある深夜、猫がいたずらして、壁に掛けておいた護身用の警報器が鳴り出してしまった。隣に住む学生がすぐに駆けつけて安否を聞いてくれた、それが嬉しかったと女は言った。この娘は猫と二人で住んでいるのか。

「猫の名は不幸せというんだ」

「えっ？」

「いや、なんでもない」

久子という娘と短い会話をした翌日は、雲の影もない暖かな晴天だった。休日だったので、午後になって私は青葉山を登った。今年は雑木の紅葉が美しい。例年のようにゴルフ場の脇のみずと楓の道を行きつ戻りつしながら、私は天を仰ぐ。午後の日が紅葉を透かして、ちらちらと揺れている。楓の葉は赤から黄色へ色を変え、まだ緑を残した枝がそこに入り混じって色模様をなしていた。背景は底の抜けたような青空である。ときどき風が立ち、落葉が鳥を散らすように流れた。

帰途、山を下る頃には日が傾きかけていた。私はひさ子と呼ぶ娘の緋色の立ち姿を思い出していた。記憶の中で淺川マキが歌っている。私は思わず声に出して笑った。

不幸せという名の猫がいる
いつもあたしのそばにぴったり寄り添っている

この地での私の生活もこの秋が絶頂ではないか。坂道を下りながら、そういう予感がしきりにした。幸薄き女云々、あれは酔いにまぎれて私が言ったことなのだ。そう気がついて、内心でわが身を嘲った。

時雨

西風に追われるように
雲の軍団が流れていく
雲が来れば
時雨が散る
噴水が風にあおられて飛沫を飛ばしている
贅沢なギヤマンのたわむれ
ものみなが騒然と動き出すような秋の午後である
東のあちら、海のほうに型どおりの大きな虹
道を隔てたバス停のほうへ少女が一人歩いていく
フエルトの帽子に長いスカート
バスは曲がりくねった丘の道を下っていくだろう
その先　晩秋の空気の中に市街がうずくまっている
暮れ方　西風はつのっていくだろうが
暖かな逢瀬が待っているのだろう

遠い昔　私にも覚えがあるような気がする
焦ることなど何もなかったではないか
枯葉の上に落ちた栗の実のふくよかな色艶
その暖かさと豊穣をいとおしむことができたであろうに
坂を下る
きっぱりと水平線を見せて
海が見える

天地反転

その年は九月の末になってから、私は久しぶりにこの都会の駅に降り立った。駅の二階に続くプロムナードに出ると、ふいに、光が変化しているのに気がついた。駅前を囲む建築の群れがすこし遠くに見える。光がそこらに遍満しているのだった。ビルの壁面も広告塔も、平たく白く見えた。この狭い都会が遠近法を欠いている。

人びとが駅の出口から放射状に広がるプロムナードデッキを歩いている。陰影を抜き取られて、影絵のような絵姿である。メランコリックな書き割りのように見える。昨日まで暮らした東京に比べて、気温が低いというだけではない。秋が足早に訪れているのとも違う。白々と光が満ち、なにかしら見知らぬ時が遍満しているように感じられた。時が歩みを忘れ、ただ満ちているように思われた。

少年の時にも、世界に時が満ちてくるのを感じることがあった。だが、それは早春の夜更けのことである。空気は湿気を帯びて重く、風の動きもない。ただ風の密度だけが、窓辺を満たしてくるようだった。時の潮の流れが満ちてくる。時間は私のほうへ水位を上げてくるのである。窓辺で、私はいつまでも、私の身の内に時の潮位が進水してくるのを待ち受けている。じきに、硝子戸が潮の重さに身じろぎする音がするであろう。時が向こうから訪れてくる。存在の段差を埋めるように、硝子戸がふいに鳴る。

しかしいま、ここに遍満する白々とした時には動きというものがない。時が時間を欠いている。世界が時を欠いて、奥行きを失っている。

この年の夏、私はいつもよりも長い夏休みをとって、東京の家で暑い日々を過ごした。クーラーが働く部屋を出ることがなかった。無精ひげをあたることもしなかった。そして、私はいちだんと年を取った。毎朝、鏡に映るわが身の姿に、それは歴然とした徴だった。特に病気ではない。私はたんに歴然と老人なのである。たぶん、あと数年の内に、何事もなく私がこの世から抹消されることを思い、恐怖にかられることがあった。

やがて、冷えびえとした秋の晴天が長く続くようになって、私は北の都会の生活を再開した。久しぶりのこの街への参入の儀式のように、勤め先からバスで風亭に下り、秋刀魚の刺身を肴に燗の酒をのんだ。それから、まろぶようにして、帰路の坂道を登る。白い雲がちぎれた綿を散らすように展開している。それを掻き分けて、望に近い月が中天に輝いている。空が高い。風もなく、空に動きもない。天地をひっくり返して、空の雲が地平なのだ。そこを私はゆっくりと登っていく。なにがしか、この街の生活のゆるい坂を下っていくようだった。


見上げれば天地ぐらりと反転す雲居の底を流れる満月

秋の噴水

振り向けば獣のごとく音立てて葉群を過ぎる秋の初風
天空に遠い光あり異郷なる希望はつかに気配のごとく
天地のなべて夢幻に見ゆる日に午睡を彷徨い淋しき寝ざめ
この秋は夢幻のうちに過ぎ行けりいずくか去りしまばゆき真昼
公園の樹木に闇の気配して獣ひそかに息づきいたり
陽は移り誰見る人もなきものを散り惑うなり秋の噴水
雲が出て雲の散っては秋日さす静かな町を歩み過ぎたり

大いなる気団の底に秋の水静もりてありまばゆき村は

村里は時雨降るらし遥かなる国境の峰に虹の立つ見ゆ

山の辺に早き夕べは赫々と時雨一陣散りて行きたり

六月の墓

記憶の暗い穴ぼこ

その朝、目が覚めた時、見事に寝過ごしたという感じがあった。目覚まし時計を止めて一時間ほど寝込んだことになるが、眠りが深かったのだろう。梅雨の切れ目の薄日が差しており、部屋の中は空気がひやりと冷たかった。ずっと昔、遅く目覚めて小ぶりのプリンスメロンを食べたことがある。そんな朝だった。

高架を走る電車はラッシュを過ぎて、学生くらいしか乗っていない。開け放たれた窓から水を含んだ空気が流れていた。聖徳太子に立ち姿の肖像があるが、太子の両脇に子供が一人ずつ立っている。どちらも双子のようによく似ているが、その子供を思わせる娘が、私の座席の向かいに座っていた。色白の丸顔で頸が長い。髪を両側で束ねて、耳のわきに逆さに結んでいる。聖徳太子の子供のみずらに結った髪にそっくりだった。すっと伸ばした頸筋と相まって、この髪型が娘の頭を小さく見せていた。

電車は地下道を抜けて、見事な枝ぶりの欅の屋敷を向こうに見て走っている。先の駅で学友らしいもう一人の娘が乗り込んできて、聖徳太子の娘の首筋が横を向く。目の切れが長い。窓からの光を背に娘の横顔がちょっと生ま生ましい色に流れている。娘は紙袋の中から西洋の椅子の小さな模型を取り出して、二人して模型を回しながら論評を加えているようすである。バウハウスの背もたれの異様に高い椅子である。二人は美術学校の学生で、模型は実習の作品といったところだろうか。派手に目立つタイプでなく、それでいて若々しくきれいな娘なのだった。画家ならモデルにしたいだろう。電車を乗り換えてからも、そんな、川端康成ふうの余韻が残った。

毎年六月の半ばのこの日に、私はしきたりのように旧友の墓に来ることにしている。大きな墓地で、墓を管理する石材店で地番をメモしてもらうのだが、いつ来ても道に迷う。昔は誰か知った者と出会うこともあったのだが、ここのところ何年も、一人だけ、それに墓地全体にも人の影はほとんどない。欅がここにも重い影を作っている。季節が季節である。薄日が差せば蒸し暑さがきつい。

花を両脇に生けて、墓石に水をかける。すこし長く手を合わせてから、向かいの墓に腰をおろして煙草を二本吸う。これがこのところの墓前のビヘイビアである。小さな蟻が二匹だけ地面を這い回っている。

この墓に入っているのは昔、同窓生だった娘である。彼女が死んで両親がこの墓を建てた時、正式には埋葬式と呼んだか、ともかくも墓ができたのを記念して仲間たちが墓のまわりに参集したことがある。夕方から激しい雨になった。墓碑を読めば、あれが九月十五日だったことがわかる。

雨を避けて集まった欅の下は、ひどい藪蚊だった。みんな、しきりに足で蚊を払うようなしぐさをした。「野の馬のように」と、それを形容してみたことを、私はいまも覚えている。「野の馬」といえば、ふつう、のびのびと若々しいさまではないかとは、私は思い到っていない。私たちはその時、むしろ泥にまみれてびしょ濡れの馬であった。この墓地は都心から離れたところにあるが、埋葬式のあと、私たちはどんな散り方をして濡れた髪を乾かしたか。墓地の樹々の奥が暗い穴ぼこのように見えた記憶しかない。

人生に、記憶の暗い穴ぼこはこれだけではない。帰り道、裏門に通じる桜並木を歩いて私は墓地を出た。

春過ぎて木の下道の暗きかな記憶の底をくぐりゆきたり

思い出は触覚ばかり

切れ切れの夢の続きか朝焼けは雲間に淡き夏空のあり

今日六日連休*のおまけ休刊日そしてまたまた誕生日　*五月六日

梅雨一転黄金《きん》色に枇杷の熟れる日はかたへ涼しく風渡るなり

思い出は触覚ばかりが哀しくて肌えを過ぎる六月の風

水含むけやきは樹々を制覇してうつむき過ぎるひとの鬱屈

黄金色のメロンの肌理をすくい取る夏を迎える朝の食卓

闇の黒髪

五月から六月にかけて、梅雨の前の暑い日が続く。この国の最初の夏、初夏である。夕方から、きまって風が出る。水脈のように、向かい風が重い。そして深夜、庭の樹々のざわめきが聞える。どんな季節の風にも増して、樹木の葉ずれの音が心を荒立たす。

樹木の強さ、風にあおられている
自転車で坂を下る、めくるめく墜落
「五月の夜には　いつも風の音におびえていましたわ」
欅に囲まれた古い屋敷の庭で
娘が言った
ひやりとした少女の肌の感触を思い
娘も身体を堅くしたようだった
白い砂の道を走る
坂を下る
ブレーキを操作する手順の確かさ

かつては、風に向かって走ることに力を感じたこともあったろうが、いつの頃からか、不満な欲情が重く澱む気配が風の水脈に混じるようになった。いつか、昼間からビールをのんで、夕暮に伝通院の境内を歩いたことがある。ひと回り歳の下の者たちが一緒だった。空に淡い初夏の色が暮れなずんでいる。情緒も、関係性も何もなしに、一人の女の中にこの不満な欲情を溶くこと、そんな気持の傾きが危ないものに感じられた。

また、いつだったか、儀礼的に参列した結婚式を終えて、都会の外郭を回る電車に延々と乗って帰宅することがあった。見知らぬ沿線に夜の樹々が水をしたたらさんばかりに盛り上がって、いつまでも電車のあとを追ってきた。季節がわが国の第二の夏、梅雨に入りかけていた。不満な欲情が急速に疲労に変わっていく。疲労は、わが身の情緒や生理を通り越して、もう動かしようもない水の重さで、骨がらみを浸していた。動物的というより、もっと物理的なものと知覚される眠り、そこに向かってやっとの思いで帰っていく。

そして風の音に目を覚ます。夜明けも間近い気配である。夜半までの激しい雨も止んだようだ。桜の葉が風にあおられて、時折りトタン葺きの屋根にたらい一杯の水をぶちまける。しじまには桜の実が屋根に鋭い音を散らす。緑の黒髪のような闇が、うねりながら身悶えしているのだ。冬の日には金属の冷たさに感じられた黒髪が、いまは闇に溶け出し、闇の密度を高め、エロスの水脈のように流れている。私の渇望が求める闇の黒髪の流体である。充たされることのない渇きだ。

六月の空

昼過ぎに家を出た。公園の欅並木を歩いて駅に向かう。朝、目覚めてから、私が食事をし、新聞を読み、といったことをほかに誰も見ていない。一人で暮らすことが、あらためてかえりみれば、さりげなくも孤独なことなのだと思い当たる。孤独であることを、本人を初め誰も観察していない。私はほんとうに存在しているのだろうか。この昼下がりに私が外出することだって、理由も行き先も服装も、アリバイ不能の時間である。孤独には文字どおりに存在証明が不在である。

高曇りの空に、ところどころ淡い晴天がのぞいている。雲は色も形も配置も不揃いで、動きもない。青空の縁の部分の雲は白くて、夏の到来を予感させる。雲の厚い部分は黒味を増し、まだら模様が広がっている。雨が来るのか晴れていくのか。光の散乱と雲の配置が、独特のあいまいさを見せていた。

並木を風が吹く。水気を含んだ涼しい風である。五月の乾いた風の勢いはなく、さりとて梅雨どきの風でもない。季節が行くのか来るのか、そのあわいに時が立ち止まっている。立ち止まっているのはまた、私の時であり、この時ははたして存在しているのかどうか。六月が来るたびに、私はこのあいまいな空の移ろいと風の感触に、愛惜の念を重ねてきた。孤独が存在するという、証明もしようのない存在論の季節。

少年時代には、六月の空は激しく動いていた。高い空に雲と青空の配置が、光の色合いが、目まぐるしく変わる。風が欅の大木をなぶるように吹いた。駅へと歩く道筋に、小さな桜の実が散り敷いていた。昨夜は木々のざわめきと、屋根を打つ桜の実の音の散乱が終夜続いていた。私は眠れないままに朝を迎えた。季節が激しく動いていく一日。

駅の高架のプラットホームに立てば、汚れた町の屋根のつらなりの向こう、地平線のあたりに新しい雲が湧いている。列車が来た。くすんだチョコレート色の客車を長くつらねた首都の列車である。列車はじきに県境の大きな川を渡る。渡れば海辺が近くなり、砂地に松の生える宅地が続くようになる。寺の大きな屋根が見える。列車の速度が増したように感じられる。

死へと行くものならなくに恋人よ君訪う汽車は猛りて止まず

私はいまでは特に感じることもなく郊外電車に乗って、馴染みのない駅で下りる。駅から直角に新しく広い道が延びている。昼下がりに人通りはすくなく、私は空を見上げながら歩いていく。違った場所の別の空、しかもこれもまた六月の空なのだった。どこへ行くのか。こんな単純な問いが不審の念を呼び起こす。行くのか戻るのか、私はあいまいな時を歩いていく。

ライオンの戦車

振り返って見ると、六月に短く歌を作ることが多かったようだ。この季節が私の感覚を刺激するせいだ。春でもなく夏になるでもなく、季節の列車が行きかうような時節。九月だってそうだが、これと違って、水無月六月は水の季節である。私は「ウエットがお好き」だったのだ。雲と光が曖昧な時を作り、合間に淡い色の青空がのぞく。それが定めもなく移ろう。肌えの触覚だけが確かな頼りだ。

もうひとつ、六月十五日には、毎年お墓参りをするのが習慣になっている。余生ともなれば、その日につごうがつかないことなどはない。故人を偲ぶ、というのとも違う。脈絡もなく生きてきた。一年に一度は人生に定点を機械的に刻む日とでも言おうか。墓は多磨霊園にある。私は武蔵小金井駅からバスに乗って墓地の裏門で降りる。以前は角にある墓石店に寄って地番をメモしてもらい、花と水桶を準備して墓に向かったが、最近はあらかじめ赤い薔薇を一枝用意して墓に直行する。

裏門を入ると年季の入った泰山木が何本か、この時期、大きな花をつけている。広い墓地の夕べ、人をめったに見かけない。目指す墓で参拝者に会うことは、もう何年も皆無だ。墓には故人の墓碑銘が小さな石板に刻んである。その上に斜めに薔薇の枝を置く。以前、パリのペールラシェーズでサルトルとボーヴォワールの墓に行き合ったことがある。大きな板状の平石で、上に薔薇が置いてあった。近年はこれを思い出して、私も真似をしているのである。

墓前で一人でやることには限りがある。私は短く切り上げて、広い墓地を抜けて帰途につく。ルートは年ごとに変わる。たとえば、地番の地図を追いながらあちこちと歩いて正門に抜ける。あるいは西門から刑務所と農大を通る。いずれも府中へ出て、そこから帰路につく。近所で酒を呑む。こうした帰路で、しきたりのようにして歌を作る。

はすかいに薔薇一枝

唯一わが記念日なれば薔薇一枝携えて行く六月の墓

今日もまた六月の死者を訪ね行く死への巡りを重ねるごとく

死者一人生きてたたずむわれも一人　二人寂しい六月の墓

亡き女《ひと》に暗き色気を見たりしか遠い昔の花の季節に

はすかいに薔薇の一枝と雨の滴あたりに〈時〉のたゆたうばかり

かくも長き死者の孤独のいかならん煮魚ほぐして酔いていく夜

ホヤ酢さらに活きた蛸をば肴にて杯を重ねし死者の夜なれば

紅き薔薇を石に手向けて帰りしが夜半激しく雨になりたり

ライオンの引く戦車にて御者たりき遠い昔の雨の季節に

三

フォッサマグナ

絵の中の海

その絵は縦長の額縁の中にある。ふつうの肖像画よりもっと縦に長い。さらに画面が並行する二つの垂直の面で区切られている。隙間から、向こうに海が見えた。

漁村の裏通りであろう。左右二軒の民家の接しあう壁が描かれているのである。板張りの壁にタールが染み込んでいる。水道管が張り付くように配管されている。二階家で壁に窓はない。絵に向かって左側がわずかに壁面を見せており、右側の壁はほとんど一本の黒い線である。その二枚の壁が、人ひとりやっと通れるくらいの狭い通路を限っていた。壁は絵の中で上下いっぱいに描かれており、高い壁に挟まれた路地は遮るものもなく、まっすぐ向こうに延びているようだった。

路地は暗い。左右の家の正面は一階部分に短く庇を出しており、民家のようである。窓はあるが、光の反射があるでもなく、正面もまたタールのくすんだ色合いに沈んでいる。そして、黒い壁と直角に交差して、狭い路地の向こうに海があった。日本海である。深い藍色が日にきらめいている。波はない。

私はいまでも時折り、日本海と漁村の暗い路地を一枚の絵画のように思い描く。絵画の中には坊主頭の少年がいる。少年は覗き込むようにして路地の先の海を見ている。びっくりしたような表情を浮かべている。いま目を凝らせば、絵から少年の姿は消え、静かで明るい海が見えるばかりだが、目をそらせばただちに、絵を見ているのは少年なのである。坊主刈りのうしろ姿が絵の中に見える。

ある年の秋に、私はその漁村を訪ねたことがある。幼時に、一時期をここで暮らした。その記憶はもう記憶などといえないほどに変形して、一枚の絵の中におさまってしまっていた。私はそう思ってきたのである。絵の中に少年時代の不可視の私がいる。

その漁村には普通列車が止まる駅がある。プラットホームは昔のままに場違いなほど長く、人影はない。駅から海沿いに商店街が軒をつらねている。そのはずであった。商店街は取り壊しもされず、再開発もなく昔のままに残っていたが、狭く小さく寂れていた。駅前の、当時、唯一のレンガ建て三階の薬局も見えた。

私は商店街をゆっくりと歩いていく。いまでは通りの外側、海辺にバイパスができているので、こちらには車の行き交いもすくない。そして、商店街のはずれにあの路地があった。両側の壁は昔どおりにタールの染みた板壁で、三階建てと思えるほどにいまも高く路地を限っている。それが路地をいっそう狭く暗く見せていた。私は絵の中の見えない少年に重なるようにして、路地の向こうに海を見た。秋の朝の海である。かつては、路地の先はコンクリの高い防護壁に仕切られてすぐに海だった。海側には庭もなく、隣家を結ぶ通路もなく、年少の目には深く浜辺に防波堤が落ち込んでいた。路地を抜けると、板壁に挟まれた海がいきなり左右に開けるのだった。

私がこの漁村の裏通りに暮らしたのは終戦直後の一時期で、住民はよそ者に冷たかった。農村にはない類の底意地の悪さを幼心にも感じ取っていたと思う。私たちは母と弟と三人だった。思い出は寒々としている。母親の場合はなおさらのことだったにちがいない。だからだろう、ここの記憶のほとんどが消去されてしまっている。曲がりくねった商店街を抜けると、古くから近海の漁民の信仰を集めていた神社になる。神社の裏山が照葉樹林の北限の森になっており、天然記念物である。森は容易に人の侵入を許さず、雪の積もる冬にも、黒々と恐ろしい獣がうずくまっているように見えた。

裏山の脇の高台が小学校である。ここにもいい記憶はない。広い校庭から神社の黒い森と海が見渡せた。そのはずであるが、私は学校の高台に登るのは見合わせて、駅への通りを引き返していく。帰りにもう一度、板壁に挟まれた裏小路の先に海を見るであろう。暗い路地の底のあたりを、少年の影がちらりと横切るのを見るにちがいない。

安山岩

幼時の一時期に暮らした分教場の村を、私はその後、都会に出てからも繰り返して夢に見た。長い間、村を訪れることもないままに、夢の中で時空は変形し整除され、夢の世界というべきものに固定されていった。

山際の道路沿いに分教場と多少の民家が並んでいる。分教場のすぐ上手で道は直角に左に分岐して対岸の集落に向かっている。向かいの山裾に川があり、長い木橋が架かっている。橋の手前、現在は温泉施設の敷地の一部になっているところが、学校の運動場だった。夢の中の運動場は広く、私のかっ飛ばした野球のボールは長く弧を描いて谷川に達するのだった。大勢の父兄に囲まれて、私は運動会のリレーの先頭を切って走っている。ゴールは果てしなく先のように思われた。

このあたりが私の夢のトポロジーの中心になる。分教場を下れば、糖尿病を患って所帯主が寝込んでいるはずの民家があり、ここを最後に道路は崖の道になる。大きく迂回して道路は下流の集落につながっていた。崖は高く急峻である。道は狭く谷川は遥かに下を流れている。逆に、川筋を遡って分教場に行き着くための、ここが難所であった。

たくさんの伝承が学校ではささやかれていた。ことに冬の吹雪の日には、足を滑らせて川に転落する者が出る。夢の中で私は繰り返して、この難所を抜ける。道は崖にへばりついており、紆余曲折しながら私は下の集落に辿り着こうとしている。夏休みには、思い切って崖下を川に沿って辿ることもある。何度も水を渡らねばならない。赤い岩の崖には幾つもの洞穴がつらなっている。目覚めてみればなんのことはない。ありふれた水墨画のイメージや青の洞門の物語が取り込まれているにすぎない。それでも、私は下の集落に辿り着いて安堵の息を吐く。道はここで谷川の高さにまで戻り、一軒の雑貨屋があった。私は店の息子と同級生だった。

崖の道の遥か上には山道の迂回路があったはずである。少年の私は思い切った冒険のように分教場からこの道を登ることがあった。道は崖の上から尾根道になり、しばらくして眺望が開ける。いつも、眺望は驚くべきものに思われた。高原状の起伏が開けていて、すぐその先に巨大な岩塊がそそり立って出現する。植生を許すにはあまりに急峻な岩肌が、真正面に重い衝立となって空を限っている。

壁は湿り気を帯びてぬらぬらと光っていた。海抜千メートルを越える単独峰である。小さなこの地域には、いわば分不相応な存在であった。分教場の背後が急な斜面になっているために、ふだんは目に入らない。それだけにいつも、この岩塊の出現は唐突であった。分教場の跡地の温泉に泊まった夜、私は大いなる岩山のことを思って眠った。

フォッサマグナについて、当時の私はむろん知らなかった。フォッサマグナは列島を分断する大きな地の割れ目である。割れ目に無数の襞が刻まれた。比較的に新しい地質時代になって、そこに火成岩の岩脈が貫いた。岩は浸食で周囲を洗い流され、切り立った壁に囲まれて、荒ぶる岩塊をいまに残していた。岩塊と地の割れ目とが、この地域に目立った風景を残した。私の分教場も背後の岩山もフォッサマグナの中にあったのである。

思えば地理とは、陸地も海底も、地球の皮膚の皺である。数えても限りがない。私は幼時の一時期を小皺の一つで暮らしたのである。小皺にはそれぞれの風景があり、記憶がある。私は夢の中で記憶の風景を押し広げ、地形図を描き、そのトポロジーの起伏を動き回った。そのたびに、幼時の原風景は変形し整除され、夢の中に再配置された。夢の名残りの中で、私はいくたびもありありと、こしらえものの時空を見てきたのである。

分教場が夢の地形図の中心だとすれば、岩塊はそのトポロジーの隠れた重心だった。私はいま小学校の跡地に立っているのだが、眼前の実物でもなく、記憶の風景としてでもなく、夢の地理学がありありと立ち上がるのを見るのである。

分教場

心理学に記憶痕跡という概念がある。何かのイヴェントに遭遇すれば、脳のどこかに神経回路網が活性化される。繰り返されれば回路と活動パターンが特定化されて、痕跡として残る。時を隔てても、痕跡が再活性化されることがある。これが想起だというのである。

私はこんな便利な説明を大して信じてはいないが、いまはそのことではない。日常生活とは出来事の基本パターンが小さな変異を積み重ねたものであろう。そのつど、記憶痕跡はすこしずつ変形を受けては固定されてきた。これが現在の日常生活の思考パターンになっているはずである。原記憶ともいうべきものは、とうに失われている。人生に不可欠な忘却である。

これにたいして、過去の記憶痕跡が、その後に大した変形を受けずに取り残されている場合が、確かにあるように思われる。それがひょいと意識に浮上する。現在時における原風景の想起である。こうして、現在の生活があり、これとは分断された記憶の過去が存在すると、人びとは思いなしている。

だが私は思うのだが、原記憶痕跡を変形するのは人生の経験だけではない。といっても、経験と忘却を重ねてもなお残るのが、原始経験の記憶風景なのでもない。現在か過去か、そのどちらでもなく、記憶痕跡が繰り返し再編されて、どちらに属するものでもない絵柄に仕上げられ格納される場所がある。夢である。風景や出来事が、記憶と現意識と、そして夢の場所と、いわば三重の構成をなして存在する。

その年の秋、私は日本海の海沿いにある小さな駅に降り立った。列島の脊梁が日本海側に偏ってつらなっているために、山地が海浜にまで迫り出している地方である。駅から狭い谷が脊梁に切り込んでいて、川の流れも急である。川に沿ってバスが通っていた。終点に、私が小学生の一時期を過ごした集落がある。そのはずであった。あれ以来、私はこの地を訪ねたことはないし、知人が残っているというのでもない。

近年、町が近くに温泉を掘り当てて保養施設を建てたことは人づてに聞いていた。今夜、私はそこに泊まろうというのである。温泉施設がバスの終点になっているという。バスには私ひとりが乗客で、運転手がしきりに話しかけてきた。年配の運転手だが、現役なのだから私の少年時代と重なるほどには年取っていないだろう。私も年を取ったものである。その感想がわれながらおかしく思われた。それにもともと、誰であれ、この谷間と私の因縁を話す気持は私にはない。

川に沿って小さく迂回してから、バスは温泉施設の前に着いた。私は少々驚いたのだが、そこはまさしく私が通った小学校分校の跡地だった。小学校に隣接して教員住宅があり、そこの二階に私の家族は住んでいたのである。小さな校庭の向こうを通っていた道路が大きく拡張されたようで、山裾の分教場も教員宿舎も跡形もない。小さな休耕田が二枚並んでいるばかりである。道路を挟んで、反対側に温泉施設がある。流行っているのだろう。上手に旧館とおぼしき三階建ての建物があり、隣接して、最近に建て増しされた新館が谷川沿いに展開していた。道路との間が大きく駐車場である。以前に変わらず、谷川は学校と反対側の急峻な山裾を流れていた。温泉施設はいまや谷間の平地と河川敷とを占拠しているのだった。山の斜面は両側とも、私の記憶と比べても樹木が遥かに繁茂していた。谷幅がいっそう狭く思われた。

小学校の教員宿舎の二階で、私の父が死んだ。村の屈強な男たちが木枠の上に父の棺を縛りつけて、輿のようにして焼場まで運んだことを憶えている。焼場は学校の真向かい、川向こうの崖の上の小さな空地だった。崖は岩肌を見せるほどに迫り出していた。岩には珍しい赤い花が咲くのだが、誰も近づくことはできないのだと学校では言い伝えられていた。しかし、いまや眺め上げても、崖の岩肌も、その上の焼場の段落も見分けることができない。

温泉施設に泊まった夜、食後に私は露天風呂に出てみた。谷川に迫り出すように風呂は設えられていた。湯につかって見上げれば、真上に焼場の崖があった。いまは樹木が川に覆いかぶさるように繁茂しているばかりである。かたわらにヒバの大木が一本だけ。この樹は私の子供の頃にも大木であったにちがいないのに憶えがない。

誰しも、時を隔てて幼時の土地を再訪すれば、風景の縮小の著しさに驚く。この秋、私もまた同じ経験をしたにすぎない。拾い上げれば記憶にきりがない。幼時に暮らした風景に降り立った瞬間、目の前の実物と、刺激を受けた記憶痕跡とが二重に意識に喚起される。余儀なくもひとは、両者の異同を急いで点検する。だが、加えて、私には夢の中で構成され、夢の中に格納されている分教場の少年時代がある。繰り返し私はこの場所と時代を夢に見てきた。夢の中の地理は目前の実物とも、記憶の風景とも違っていた。この日、谷間に降り立った私の中で夢のトポロジーもまた喚起されて、ちょっとした時空の混線状態に私は陥ったみたいだった。軽い目まいを覚えた。

父の死

ある年の秋の日に、私は父の死を親戚の家に知らせるために川筋を下っていた。分教場の集落を川下から閉ざしている崖の道を回ると、雑貨屋が見えてくる。すぐその先がこの春の大きな地滑りの跡である。岩塊の裾から崩れてきた土砂が谷川を堰き止め、対岸の集落にまで迫り上がっていった。その跡が小山ほどにも盛り上がって行く手を塞いでいる。地表はまだ雑草が生えているばかりで、にわか作りの道が川下に通じていた。私はこの小山を越えていくのである。よく晴れた日の午後である。

道が小山の頂点に達すると、川下の広い空が見渡せた。川下はもともと別世界だったが、それがいっそう違う光景に見えた。子供のことだ。狼狽しているとか、父の死が悲しいとかいうより、私はビッグニュースを運んでいるという気分である。かすかに高揚の気が感じられた。ぐんぐんと、私は秋の道を下っていった。

その年の春の地滑りは雪解けとともに始まった。地滑りはフォッサマグナ地帯の名物である。私は大人たちにくっついて崖の上の山道を越えた。岩塊の広い壁の直下とこちらの尾根道の間、小さな高原状の斜面を土砂が流れ下っていた。一挙に崩落するというのではない。土砂は雪解け水と混じり合って粘度を増し、人が歩く程度の速さで斜面を流れていた。あちらで盛り上がると思えば、今度は眼下に落ち込んでいくといった流れである。土砂から絞り出された泥水が、別個の流れとなって表面を疾走した。

土石流の速さも場所ごとに違う。そのうねるようなテンポに合わせて、立木が傾き、集落のまばらな農家が土砂に倒れ込んでいった。倒れる方向もばらばらである。深く大きく重い流れである。樹木と農家をゆっくりとなぎ倒しながら、地滑りは谷に下り、対岸にまでその舌先を迫り上げていった。堰き止められた水が谷を逆流して湖を作り出した。こんな危険な状態が一週間近く続いたように記憶している。

私の父が東京を引き上げて、分教場に隣接する教員宿舎の二階に移ってきたのは、地滑りの直後のことだった。父はもうすっかり病身だった。地滑りが街道を分断したので、対岸の山道を大きく迂回しての帰宅である。

なぜか私が父の荷物を分担して同行している。まずは地滑りの舌の先端を回ってから、崖道の対岸を地滑り湖の縁を辿るようにして登った。それから、分教場の真向かいの焼場である。焼場には白骨が散らばっているのだと小学生たちは恐れていたが、崖の上の狭い平地にすぎなかった。見下ろせば対岸に分教場と教員宿舎がある。

記憶なのか、夢の仮構なのか、リュックをしょった父とズックのカバンを斜めに肩にかけた少年の道行きを、私はいまも見ることができる。焼場を下れば木橋のたもとに出た。私の地理学の中心にようやく帰ってきたのである。この道行きが父の死期を早めたのだと、のちにしばしば母が悔やんでいた。

私にとってはしかし、父と辿ったこのルートが私の地形図の一辺をかたどっている。私は夢の中で道行きを繰り返しなぞることができる。

分教場と背後の岩塊の対面が、焼場のある山の斜面である。ある冬の朝、斜面をスキーで滑降した跡がふた筋、きれいなシュプールを描いているのが教室から眺めやられた。一時、教室がざわめいた。

私の夢の中では、斜面を登りきれば、その向こうに広い台地が開けていた。開拓地のように樹木がすくなく、地面は乾いていた。区画が整っている。対岸の山があまりに険しいので、地元の人間でここを訪れた者はめったにいない。話す言葉も人間も地元のものではない。

夢の中で、私はこの地区の直角に交差する乾いた道を辿りながら、この台地には反対側に抜ける通路があるだろうかと思案した。通路を辿れば未知の町に下っていくはずであった。私は台地のこちら側の縁にまで行きついて、眼下を見下ろしてみる。深い渓谷が皺のように走っていた。秋の日が山襞に輝いているのだが、谷川のあたりまでは届いていない。川筋の日陰に沈んで、分教場と運動場と木橋が見えた。そして遥か向かい側に、いまや山並みから屹立して岩塊が存在した。私は私の夢の地形図を見下ろしていたのである。

夢の中では、対岸に渡る木橋の上流には広い河床が開けている。すぐに長い堰堤にぶつかり、そのあたりから奥はいつも川霧が流れていた。橋を渡れば、道がふた筋に分かれ、一つは河岸に沿って堰堤の向こうの霧の中へと続いている。もう一つが対岸の斜面を斜めに、ゆるやかに上っている。この場所は数多いヴァリエーションをなして、私の夢の地理に登場する。

木の橋は長大な鉄の橋梁となり、河床が拡大されて大河が流れている。鉄道で渡る河川の風景がここに密輸入されているにすぎないのだが、それでも、向こうの橋のたもとでは見慣れたふた筋の道が分かれている。川辺の道を逆に辿って、上流の霧の中から旅人が帰ってくる。私もまた、秋の夕暮に戻ってくる。河床は子供の背丈よりも高いすすきの原である。逆光の夕陽を背にして、穂波が炎のようにゆらめいていた。

私はその後、関東平野の大きな川のほとりに暮らした。土手が少年期の私の暮らしの一部となった。もう分離しがたく、平野の大きな川筋と村の木橋の記憶とが混じり合ってしまっている。というより、私はすべてを分教場の木橋の舞台に移写して夢を見るのであり、そのたびに、地形図が拡張されたり、変形したりしてきたのである。

私の夢の地理の中心部では、水泳のさまざまなヴァリエーションが登場する。分教場の子供たちは木橋から川に飛び込んで遊んだ。背をまっすぐに保ったまま、足から水に落ちるのだ。川は焼場の崖の下で深い淵をなしていた。ある時、ここに発破を仕掛けた者がいて、魚が大量に浮いた。

夏の一日、私は泳ぐに飽きて、仰向けの身体を流れにまかせて川を下ったことを憶えている。川石を回避しては流れが向きを変え、私の身体が丸太のようにこれに追従した。遥か眼下に夏の青空がある。顔を傾ければ川岸に銀色のグミの葉がゆらめいていた。河床に転がる丸石は日に焦がされて陽炎をなし、飛蝗《ばった》がはねた。

脊梁

私の暮らす分教場の前の道は、そのままさらに奥の谷筋に延びていた。笑止なことだが、私たちにとってはここから奥がほんとうの意味でヤマなのだった。冬の夜にたくさんの伝説や怪談を大人たちが語って聞かせた。蝮が数十匹も絡まり合って大きな球をなしていたと。分教場の並びに密集した集落はすぐに途絶えて、背後の岩塊から落ちる川の支流のほうに道路が大きく迂回する。そしてふたたび、堰堤の背後の山の斜面に現われる。その先に、この谷筋の最後の集落があった。小学生がめったに行くところではなかった。

しかし夢の中では別である。集落は谷筋から高く分離して、ゆるやかな斜面に散開していた。いくら登っても尽きることがないように思われた。狭い道がスイッチバック式に民家をつないでどこまでも続く。小さな棚田が重なっており、民家の庭のハサに稲束が干してあり、ダリアとコスモスが咲いていた。この地域のありふれた光景である。それでも、知らない土地の新奇さと夢の情景のもどかしさとがこの村に付着していた。そしてついに、集落の斜面がふいに途切れて地理の深い割れ目が出現する。

冬の晴れた日に、私は少年たちとスキーで村の斜面を登っていったことがある。ゴム長靴に金具で固定する方式の古いスキーである。雪は重く湿っていた。民家は姿を消しており、一面の雪野原をジグザグに行く。そしてふいに、雪原を山襞が切り裂いて、奥に遠い眺望が開けるのだった。脊梁の山々である。脊梁は遠く雪の峰をつらねて刃のようにきらめいた。

最後の集落を通り過ぎると、分教場からの道がもう一度、川筋に降りていく。川はそこでふた筋に分岐する。右手の谷はどこまでも深く、遠くに脊梁の峰がつらなっていた。中でもひときわだって、このあたりで最高峰の活火山が見えた。頂上の噴火口のくぼみが識別できた。私はこの谷間をどこまでも辿っていこうとしたが、そのたびに別々の光景が現われてしまう。谷川は細い湖に変わり、道筋は湖岸を登る。奥から乞食が一人、下ってくる。最後の集落から湖までの道のわきに、廃屋が一軒あったはずである。道は茫々たるススキの穂に埋もれている。廃屋で何か事件が起こるのだ。

川筋を左に分岐すれば、その奥に三角形の山が立ちはだかっている。見上げれば、このあたりで一番の高峰だが、脊梁に比べて距離が近い。だが、そこに到達するには別の夢のトポロジーを辿らねばならない。分教場の木橋を渡り、右に緩やかな斜面を登る。そこに急峻な崖があり、崖の上の平地に孤立した集落がある。集落は静かだが、貧しいたたずまいではない。農家の庭は杉の防風林に囲まれていた。谷川に面した崖の縁を道が迂回しており、奥に行けば行くほど村は町並みに近づいていくように思われた。

この集落の崖下には谷川に沿う別の道がある。私は繰り返しこの道を辿る夢を見た。道は谷川すれすれに通じており、崖は浸食されて、ところどころで洞穴をなしていた。崖道を渡りきれば、杉の中の静かな山道になり、これを迂回すれば、その先に別の集落が出現するようであった。

分教場の跡地の温泉施設に一泊した翌朝、私は帰路のバスを待っていた。バス停はまさしくかつての校庭の上である。教員宿舎の二階から見上げた裏山は、ゆるく大きく湾曲した崖のはずであった。崖の中腹までは道が通じており、道の脇に小さく花を植えていた。崖の上は少年には別の世界であり、そこからリゾート地のような広い道が赤松の林を下ってくる。いま見上げれば、しかし、樹木の繁茂したただの藪があるだけだった。

糸魚川

　フォッサマグナの海辺に糸魚川という町がある。美しい名前である。列島の脊梁から発して日本海にそそぐ川のたもとに開けた町であり、川の名前は姫川という。町から姫川の向こうを眺めれば、逆光に黒々と黒姫山が見える。古い地質時代の石灰岩の岩塊である。その裏手が翡翠を産する青海の渓谷になっている。揃って美しい名前だ。海岸は狭く長々と続いており、白い丸石が敷き詰められている。ときに翡翠のかけらが見つかるという。昔、私は海岸に立って、日本海をかたどる白い円弧を眺めたことがある。遠くに翡翠を拾う人影が見えた。ともかくも、名前負けするような町だった。

　姫川は北アルプスの麓まで地の割れ目のような渓谷を刻んでいる。白馬岳のたもとから列車は割れ目の底を下る。渓谷は紆余曲折を繰り返し、谷は霧に閉じ込められていた。崖沿いに埋め込まれたような半開きの隧道を車が走っている。屋根に樹木が覆いかぶさっている。谷沿いの小さな駅は背後に黒い家が数件。そこから支流が割り込んでいるらしく、奥地の温泉の広告板が見えた。普通列車で一時間足らず、姫川の谷間から列車は小さなデルタの町に流れ出る。

　私は幼年時代に姫川沿いの村、小滝とか根知とかのことを、大人たちが噂するのを聞いている。田舎でもとりわけて僻地であり、小学校の分校があった。分教場に赴任する教師たちのことが話題になった。長く雪に閉じ込められて身動きもならぬような感じを、子供心にも抱いていた。私はずっと後年になってから、糸魚川で車を借りて根知の谷に入ってみたことがある。

秋のよく晴れた日だった。姫川から見れば谷の出口は狭く閉ざされているのだが、奥に入ると意外に広く村落が展開していた。正面に駒ヶ根岳の巨大な岩塊が存在する。フォッサマグナの割れ目に出現した安山岩の岩脈である。斜面がはぎとられて岩肌が垂直な崖になっている。重い岩脈の露出と、割れ目のような渓谷が、この地域のフォッサマグナの景観である。

谷の奥に遠く雨飾山が望まれた。これは火山のはずである。私が子供の頃に思い描いていた根知とは違って、広々と明るい谷あいであった。おそらく姫川への出口がすぼまっているせいで、孤立した秘境として、独自の言い伝えと芸能とを長く保存してきたのであろう。谷の出口のところが、今日ではフォッサマグナ公園として整備されている。地の割れ目が断層の一片として地表から見えるという。

糸魚川は私の少年時代の生活では第一の都会だった。その頃暮らした谷あいの村からバスが出ていた。昭和の初めのことか、私の父が糸魚川中学校を卒業したという。体育館で剣道をする父の写真が残っていた。糸魚川とは美しい名前である。しかし町は寂れてしまった。

この秋の夕方、姫川を下って糸魚川駅に降り立つと、汚れたまま取り残されたような街並みが見えた。海沿いに家々がつらなり、細い割れ目のような路地が家の壁同士を区切っていた。砂丘がわずかな盛り上がりを見せており、松の間に古い神社と、いまに残る料亭が数軒並んでいた。

夕暮とともに路地裏に料亭の灯がさんざめく。そんな町の生活がかつてはあったのだろう。店の高い塀の間から、向こうに日本海が見えた。夕闇と湿気が急に降りてきた。

佐太郎

夏の街道を女乞食が行く。街道といっても、谷筋の集落を四里先の日本海へ下る田舎道である。それでも白く乾いた石ころが道の表面を固め、轍の穴ぼこで荒れたりはしていない。街道の西側は小さな川を隔てて数枚の田圃、そこから集落が山の斜面に散らばっている。東はそのままグミの木のまばらに生える河床へつながっており、その向こうは山裾に沿って青い川が流れている。河原から子どもたちの喚声が聞える。

女乞食はなぜか佐太郎と呼ばれていた。葉のついた小枝を振っては地面を叩き、「ちきしょう、ちきしょう」を連発しながら街道を行く。河原から子供らが「佐太郎、佐太郎」と囃し立てると、乞食はいっそう「ちきしょう」を言いつのる。佐太郎は若くして子をなくしたとも、山で毒ダミを食べたせいだとも子供らは聞いていた。

戦争が終局を迎えていた。首都を遠くはなれた山間には戦争の影など何も及んでいないかに見えたが、いま思えば、この谷筋からも人の影が消えていたにちがいない。谷の上空に迫り出した雲の峯は異様に白く、街道は静まり返っていたのである。佐太郎が通り過ぎてしまえば、街道を行く者はいない。子どもたちもふたたび水浴びに戻る。

街道をキチキチととぶばったかな　　村上鬼城

後年、都会に戻った私はこの俳句を聞くたびに、いつも、夏の街道を行く女乞食のことを思い出す。私は先日、サタジット・レイの映画で、目の大きなインドの少年がたたずんで遠景を見る場面にしばしば気がついた。少年は取り立てて何かを見つめていたといっては当たらない。少年はただ見ていたのだが、それでも一つの風景が網膜に像を結んでいたにはちがいない。この網膜像はその後、少年の人生の中でどうなってしまったろうか。生活上の関心やイデオロギーの、目に見えない眼鏡抜きに、世の中を見ることはもうなくなっていくであろう。少年の日に何かを見つめていたと、取り立てて思い出すこともない。

しかしそれでも、人生のある時期に、かの網膜像がありありと再生したとしたらどうだろう。その出来事にたいする少年時代の関心の強さのゆえでも、本人の記憶力の良さのせいでもない。あるいは逆に、子どもが「無心に」見た風景の再生といっても当たらない。

人生の傾く頃になって、私はただ夏の白い街道を見るのである。私が歩くたびに、きちきちと鳴きながらその先へ跳ぶバッタが見える。その光景が、少年時代に私の目に映じた網膜像の思いがけない再生だと、私はただわけもなく仮定するのである。

秋ギヤマン

書に倦みてまなこ閉じれば空しくも日暮しは鳴き夏過ぎんとす

走り雨撥ね跳ぶように降り行きて土の匂い立つ桑の畑は

少年は堕ちて行くのだ緑陰をめくるめくかな銀の自転車

振り向けば雲と光と秋ギヤマンわが懐かしき時の断片

大いなる河床渡りて冬の水春をも待たで別れ来しかな

春の泥濘

蜘蛛

八月も半ばを過ぎて、長い夏休みも空しくおしまいに向かっていく気配だったが、なお完璧な晴天が続いていた。その頃は東京にも、入道雲が中天まで競り上がる勢いの、本格的な夏空があって、午後になると風が出た。木造の小さなしもた屋が狭い道を挟んで密集しており、裏庭でひまわりが屋根の高さにまで伸びていた。ひまわりの花の向こうに、寺の瓦屋根が見え、その先に真っ白な雲が立っていた。道に人通りもなく、暑さに押しひしがれたように、家並みはしんと静まっていた。

裏庭から家の北側に回ると、柊《ひいらぎ》の垣根との間に、狭い通路が家の正面の板塀のほうに通じている。汲み取り便所のマンホールや排水管などがこの通路に設置されている。いつも土から湿った悪臭がして、毒ダミのような日陰の草が家の壁に沿って生えていた。けれども真夏の昼下がり、家のこの北側にも、乾いた日陰のもとに暑い空気が淀んでいるだけだった。

垣根には蜘蛛が巣を張っていた。庭の立木と塀の間に同心円状の大きな巣をめぐらせ、日暮に虎斑模様の立派な蜘蛛が中心に鎮座する、そのようなものではない。柊の枝の間に、綿屑が引っかかったような巣があり、蜘蛛は葉裏に隠れていた。連日の晴天で、柊の葉にも蜘蛛の巣にも白っぽい埃がたまっていた。

巣に蠅などの餌がかかると、蜘蛛は葉裏から飛び出してくる。黒い蜘蛛で米粒ほどの大きさしかなく、目鼻立ちはもとより体の構造もしかとは見分けられない。ちょっと湿り気を帯びたように光る黒い粒が、巣の振動の中心めがけてまっすぐに襲いかかる。

本物の餌でなくともいいのだった。垣根の枯枝を小さく切り取って、巣の中心に投げ込む。枝は蜘蛛の糸の粘液に引っかかって身をよじり、巣が振動して蜘蛛が走り寄ってくる。蜘蛛は騙し餌を点検し終えると、葉裏に戻っていく。しかし幾度かは同じ蜘蛛を騙すことができた。夏休みの少年が密かに発明した仕掛けである。

夏の休暇がおしまいに向けて転げ落ちていく。その空しい心持にはいつも独特のものがあった。人生の事件に値するものは、今年も起こらなかったのだなあ、という密かな感慨がある。

同級生に無口な男の子がいた。青白い顔はなんだか発育不良のようにゆがんで見えた。夏休みに入る時、彼が内気な表情で教えてくれたのだが、ヘンリー・ミラーの『北回帰線』はいいぞということだった。猥褻な秘密を洩らすという表情はそこにはなかった。むしろ相手に文学少年を嗅ぎつけたもの同士の情報交換のようだった。

だが、これはすこし無邪気な受け取り方にすぎるのではないか。発育不良みたいな少年に取りついていたのは、充たされない欲情であり、心理には解消できない、もっと肉的な猥褻さだったのかもしれない。肉体的に文学的という育ち方を彼はしてきたのではなかったか。

家の北側の通路から、柊の垣根越しに、夏の一日がクライマックスのように揺らめき、燃え立っているのが見えた。枯枝の断片をちぎって蜘蛛の巣に投げ込む。一直線に蜘蛛が駆け出てくる。それは貪婪といえるほどに動物的であり、湿りを感じさせる黒いものの動作は、猥褻だった。蜘蛛が葉裏に引き上げると、あらためて小枝を投げ込めば、一瞬の猥褻さが再現する。枯枝の断片が巣の中心で身をくねらせ、振動は同心円状に巣に波及して蜘蛛が走り出てくる。それはそのつど、蜘蛛を使嗾《しそう》する側に小さな波紋を引き起こした。

餌を取る動作は生殖行為のように猥褻なのだ。そう感じることが、身体の底に小さなエロスを呼び覚ました。短い時間、胸が震えた。だから、いくつか巣を変えながら、蜘蛛を同じように走らせていく。

同級生に紺のジャンパースカートが良く似合う少女がいた。目礼のようなものを交わして、学校は夏の休暇に入ったのだった。便所の汲み取り口がある家の北側で、一人、小さな蜘蛛をけしかけて遊ぶ時、「朝焼けに淋しい思慕を浮かべて」少女が訪ねてきてくれることを思い描いていたかもしれない。

けれども、蜘蛛の動きは貪婪だった。貪婪という言葉は恋文にふさわしくないのだが、淋しい思慕のようなものと、一瞬、心にうずくエロスとは、少年時代の孤独の中で同じことのように思えた。エロスが淋しい思慕を呼び覚ました。ほんとうは、蜘蛛が餌を取る一瞬の猥褻さをそのままに、獣のように行為すべきなのだ。分別の薄い少年時代の、それが特権なのではあるまいか……。

だが、夏は孤独に沸き立っていた。夏の休暇が転げ落ちていく。人生の事件は起こらない。年少にしてはふがいない感慨であったが、しかし、あるいはもしかして、一生を付き合っていかねばならない虚無の始まりのようにも、これは思えた。

夏の少女に

これまで幾たびもの夏に、僕はあなたに行き合っています。僕が通う郊外電車の中に、あなたは立っていました。窓からの風が車内を吹き渡って、あなたの髪も流れるのでした。あれは夏休みに入る最後の日だったでしょうか。あなたはただ一人で、勢いよく校門を出ていきましたね。

僕は一人旅に出ます。旅先でもあちこちで僕はあなたを見かけるのです。だけど夏の野辺や海辺などに、あなたはいない。あなたに会うのはいつも、都会のひと齣です。

つい先だってのことです。夏の昼下がり、あなたは人気のないプラットホームで上り電車を待っていましたね。敏捷そうに伸びた足先には黒いサンダル。もちろん、革ひもで踝に結ぶタイプのサンダルです。アポロンのサンダル、小さなギリシャの戦士。川端康成に「夏の靴」という短篇があるのを知っていますか。それがあなたのサンダルです。

あなたは白いブラウスを藍色のショートパンツにかかるように着ています。ブラウスに乳房の突起は見えません。乳房など、あなたに必要ないのだ、これはアルチュール・ランボーの詩の一節です。それからあなたの髪。短く刈り揃えたまっすぐな夏の髪です。髪には薄茶色の麦わら帽子が載っているのです。そしてあなたは、まっすぐ前を向いて歩み去っていく。冷たく誇り高く、なんと自由な姿でしょうか。

僕はといえば、先ほどから反対側のプラットホームからあなたをうかがい見ているのです。僕はもちろん、あなたが誰だか知っている。あなただって僕のことをご存知です。だけど、言葉を交わすような知り合いではない。僕はただあなたを見ているだけです。崇拝と、すこしばかりの悲哀の混じった痛いような気持で、あなたを見つめていたのです。

僕もあなたも、いつも圧倒的に一人だ。ただ、長い夏休み、あなたはどこにでも姿を見せています。そして、この僕もまた、あちこちに出没してあなたを見つめている少年の一人にすぎないのです。僕にはいまも、夏の少女と、あなたをうかがう夏の少年の姿が目に浮かびます。長い休暇の日々、二人の姿が消えることなどはない。二人の光景が壊れることなどはありえないことなのです。

過日、学校でまたいじめがあり、少年が自死したことが報じられた。たまりかねてか、新聞が著名人を集めて、少年少女にじかに呼びかけるコラムを連載した。教育的配慮の行きとどいた文章が並んだ。そして私もまた即座に、これに寄稿すべき一文を思い描いたのだった。もちろん、それが新聞紙上に載ることはなかった。

虚無の警告

東京と千葉県の境を流れるのが江戸川である。私が十代の頃住んでいた家から三十分も歩くと、江戸川の高い土手にぶつかる。その間は場末の町並みがあり、どぶ川に沿って中学校があり、その先でやや大きな街道を横切る。高校生の頃は暇さえあればこのあたりを散歩していたものだ。そのせいか、大人になってからも、家のあたりから江戸川の土手に到る風景を俯瞰する形で、この場所がしばしば夢に登場した。

その頃の秋の午後、私は土手から江戸川に下りて矢切りの渡し船に乗り、対岸の国府台まで足を延ばしたことがあった。よく晴れていたが、空気には薄い靄がかかっており、日差しはやわらかく、おだやかに枯れていくような午後だった。対岸はすぐに国府台の丘へ登り道になる。桜の樹々にすこし錆色が浮いている。女子専門学校の校舎のあたりから道は台地に沿う形になり、西のほうに江戸川の流れが見渡され、その向こうが遠く霞んだ東京の市街である。

公共の施設が多い丘陵で、専門学校の次は病院の建物である。道に面した側が建物の側面に当たり、窓のないクリーム色の壁である。白々と日差しが壁面を行き渡り、桜の枝が薄い影を投げていた。風はない。私は長いこと、淡く白い壁を眺めていた。立ちつくすといっていいほどに、そこを動くことができなかった。

まだティーンエイジャーだったのに、私がこの白い光に見たのは、確かに人生の断念ともいうべき感想だった。投げ出してしまった意志、不戦敗の疲労と諦念、感傷的というには無機質の憂愁、投げやりな詠嘆というには来歴の古い感情、そして深いところからの老いのようにすら思えるのだった。これからの長い一生を、こうした感慨を持って生きていくのだという断定的な予感。「これは、まずいな」。その後の人生でも、こんなふうに自らに注意を喚起する場面が幾たびかあったようだ。大学に入って、地質学の実習に何日か山に籠ったことがある。そこからバスに乗って都会に下った。夏の盛りの頃である。バスは川筋に沿って延々と走り続けた。げっそりと疲れた感じがあり、期待と意気の高揚とは正反対の「都会への帰還」である。東京に戻る時は、いつもこうだ。

私はバスの座席の左側に、川筋の風景が展開するのを眺めていた。バスが崖の鼻先をカーブするたびに、竹藪の向こう、視線の遥か下に、徐々に広くなる河床が展開した。川の流れは脇のほうに寄って細く涸れ、河床はなだらかな図形を見せて白々と広がっていた。バスのカーブが身体に押しつけるゆるやかな加速度の繰り返し。存在としての希望の不在。このリズムは危険なのだった。疲労が誘い込む蠱惑的な罠とか、意志薄弱の憂鬱とかの危険とは違う。危険はただそこに、人生のタッチ（流儀）のごとくに、存在しているのだ。この存在が危険の警鐘を鳴らす。どうしてそれに気づかないことがあろうか。

危険の警告は私の人生でしばしば明滅した。ある秋の午後、私たちは東京を抜けて郊外列車で箱根に向かっていた。急行列車は高架を狂ったような速度で疾走し、吊革を手にして立つ姿勢から都会の屋根のきらめきが遠くまで展開するのが眺められた。身体が加速度に反応して揺れた。桜並木の雑色の紅葉が目前を音立てて飛び過ぎていく。風だって、きっぱりと、隅々まで光の届く晩秋の晴天である。天地がこの一瞬に騒然と荒立って、時が傾れていくようだった。

私は隣に立つ研究室の助手と言葉すくなに話を交わした。忙しい学生運動が退潮していき、私は春以来の学業に戻っていた。研究室の一員として慰安旅行にも参加したのである。

一行が泊まる箱根の宿は、もと明治の元勲とかの屋敷である。丈の高い雑木林に囲まれた木造の平屋立てだった。広い座敷は三方を廊下に囲まれており、庭の側は硝子戸である。廊下の内側は全面が障子だった。障子は古い色のように夕映えて、そこに樹木の影がしきりに揺らめいていた。みなは近くの湯に出かけていき、私は広い座敷の真ん中で教授の秘書の若い娘と五目並べをして過ごした。

彼女とはろくに口をきいたこともなかったので、ふざけ合うこともなかった。旅行のにぎやかさも、難しい議論も場違いな、素朴で静かな時間だった。けれどもここにも、障子に映る夕日の影のように、なにかしら虚無に似た気分が確かに揺らめいていた。これもまた、私の人生に対する警鐘だったのだ。

警鐘を受けて、この気分を人生に対する逆説的な決意性に変換する癖を、私は身に付けたのだろう。危険に対する適応行動だ。「生きるとは逆説を喚起すること」と、アルベール・カミュも書いているではないか。だがそこには大きな錯誤があった。

後年、長い時を隔てて私は江戸川沿いの場末の町を探訪したことがある。たびたび夢に登場して、俯瞰図のように図式化していた場所である。月並みにも、現実は黒ずんで縮小した町並みだった。江戸川の渡しはとうになく、迂回して辿った国府台の道もすっかり新興住宅地に変わっていた。女子専門学校はモダンな短期大学となり、病院は移転したようだった。クリーム色の壁面に映る日差しの影もない。ただ、危機とそれへの身構えの記憶だけが喚起された。

風景はもう私を脅かさない。それはただそこにあるだけだ。私は風景と直に向き合うために多少の練習もしたが、齢の力のしからしむるところであるかもしれない。風景はもう、すこしも逆説でない決意性を喚起する。それはもう、私であることと過不足なく一つのことのように存在している。

冬の日の東京

空に雲の崩れるのが早い。そのたびに薄く陽がかげる。桜の時節なのに空気の冷たい日が続き、午後になって必ず雲が出た。不安定な光の移ろいが、この都会にかえって冬を感じさせた。私は地下鉄で赤坂に出て、青山通りを上っていく。週末の都心に人通りはすくなく、豊川稲荷の桜の向こうに黒っぽい雲と遅い午後の光が仰ぎ見られた。青山通りを上りきったところで左に折れ、薬研坂を降りていく。

チャイコフスキーの交響曲第一番には「冬の日の幻想」という題がつけられている。その第一楽章には、ちょっと捉えどころのない旋律が見え隠れしているのだが、以前ラジオで聞いた折り、それが石の街の冬のイメージをしきりに呼び起こしたようだった。

この楽章のタイトルによれば、作曲家のイメージは冬の湖だという。しかしそれは全然違うように思われた。丈の高い石の建築に沿った街路を裸の並木に沿って、私は西に向かって歩いている。乾いてきっぱりと晴れ上がった冬の午後だったかもしれない。あるいは、すこし気温のゆるんだ暮れ方、風はなく、尖った梢の向こうに夕焼けには間のある雲の光があり、私はそこに向かって歩いている。そんな時に、この楽章の旋律が鳴っていたようだった。

薬研坂を下った日の帰り道で、私は「冬の日の幻想」のレコードを買った。

風景というものが、ある名状し難い異様さで目に映ずる一瞬がある。しかしこれとは別に、もう幾たびも経験しており、その感じはたなごころの中にあるかに思えるのに、うまく言い表わせずにもどかしい季節のイメージというものがある。東京という都会の冬の日も、そんなふうに思われる。

少年の日には
この広い都会をただむやみに歩き回っていたっけが
赤いネクタイをして
ホモジニアスな冬の空にいつも風が鳴っていた

私の習作はいつもここまでで止まってしまう。たとえば目黒駅から権之助坂を下る。きっぱりと晴れて冷たく、遠くに富士が見える。坂に沿った家並みには正月の名残りか、乾いた葉のついた竹が立てかけてある。金色のガラス玉を先につけた旗竿がかたかたと風に鳴っている。材木商の木材も空の奥を指している。肉太の書体に金を吹きつけた屋号の文字が、陽にきらきら輝いている。記憶から人影が消えていることからすれば、あれはほんとうに正月休みのことであったかもしれない。

あるいは、庭にいちじくの植え込みがあった少年時代の家。部屋の奥は穴ぼこのように暗いのに、縁側には日差しが溢れていた。庭に面した硝子戸ががたごとと音を立てていた。昔読んだドイツ語の小説で、雪の朝の街の様子がゲズントリッヒと形容されていた。昨夜までの雪はまだ溶けず朝日に輝いている。馬車が澄んだ音を立てて街路の雪を跳ねていく。エネルギー溢れるドイツ人には、いかにも健康的で爽やかな朝の空気に感じられたのかもしれない。

しかし少年時代の冬、ゲズントリッヒはこれとはすこし別のように私には響いていた。ガラスの塊のように、透明できっぱりと堅く、それでいて何かの一撃がすぐにも貝殻状の剪断面を作りそうな空気の中を、自由に私は歩く。さっそうと大股に、無定型の何かに挑むような歩きであったかもしれないが、同時に張りつめた悲しさの中を歩いてもいたのである。ゲズントリッヒ、健康的な、という言葉が、ある悲しさの感覚をともなっていた。

交響曲「冬の日の幻想」の冒頭に鳴るのは、むろん、さっそうとした旋律ではない。情緒的な悲しみが流れるのでもない。何か形而上的なものへの意志が、しかしすこしも重々しいことはなく、透明な断片の幾何学的な接合面をめぐって、張りつめては折り返していく。抒情の硬質な揺らめきに似ていた。

少年の日には、そんなふうに、意志と悲しみを一つのこととして、この東京の冬の日を愛していた。

春の泥濘

黒き土に高圧線の鳴る春は訪ね行きしか遠い少女を
青く遠く連なる山の麓まで訪ね行きしかまばゆき午後に
花びらを踏みて泥濘果てしなく落日の方へ歩み行きたり
落日を追いて女ひと訪ね行く踏みて危うい春の泥濘
かたへなる尖りし膝に触れもせで横切り帰る夜の校庭

地上の楽園

上野駅の雑踏を抜ける時、前方でこちらを見つめている少女に気がついた。怪訝な顔で近づいた私だったが、少女は控えめに笑っていた。国谷さんだった。厚手のシャツにズボンをはいて、これから山登りにでも行く格好だった。だが登山ではない。上野駅から新潟行きの列車に乗り、そこから北朝鮮に渡るのだという。彼女の家族らしい人たちがうしろに控えており、私のほうを注視している。すこしうろたえて、私は長話もせずに彼女たちと別れた。国谷さんとは事情を細かく尋ねるほどの仲ではなかった。

けれども、北朝鮮に帰るという国谷さんの話は私を半ば放心状態にした。短い立ち話で別れた。あれはまるで、ちょっとした旅行にでも出かける人に、「じゃ、お気をつけて」と声をかけるみたいだったじゃないか。なんと、朝鮮民主主義人民共和国だ。

私は上野駅を出て、池之端をめぐって大学のほうへ歩いていた。不忍池のまわりで桜の葉が色づき始めていた。いつもの通り道である。共和国と日本赤十字社との協定にもとづいて、在日朝鮮人とその家族の帰国事業が昨年の暮れから始まっていることは知っていた。とはいえ、いくらなんでも北朝鮮もほかの社会主義国も「地上の楽園」だなどと、もう私は思ってはいない。しかしそれでも、社会主義国はわが国とはまるで違った社会のはずである。いや、よくも悪しくも、そうでなければならないのだ。

高等学校時代から、よく仲間内で話題にしたものだ。川端康成の小説の感傷や、ドストエフスキーの魅力は社会主義社会になったといっても、はたしてなくなるものだろうか。いや、断固として、社会主義はこれらの美を廃絶するような社会でなければならない。朝鮮民主主義人民共和国とて定義上、川端康成を必要としなくなるような社会なのだ。強いてこんなふうに想定してみれば、新潟港から船に乗って北朝鮮に渡るなど、お伽噺のような話ではないか。二日ほど日本海を航海しただけで、国谷さんはまるで別の現実の中にいるのだ。非現実の最たるものが、急転直下、現実になる。その感想が私を放心状態にさせた。

池之端に大学の裏門のひとつがあり、あとは構内の上り坂になる。大学の喧騒状態はもう終わっており、美しい晴天を歩いてきた私は、古い建物の暗い研究室に辿り着いた。

あれは、昭和三十五年の秋口のことだった。この年の夏までは日米安保条約改定反対闘争で、大学も勉強どころではない状態が続いた。中国にしても北朝鮮にしても、社会主義国家のゆえに理想化するなどはもうできないし、しない。朝鮮民主主義人民共和国だって、どうせスターリン主義国家に決まっている。そこに、国谷さんは帰るという。私はあの日、いわば意表を衝かれて、うろたえるところがあったのだろう。社会主義国という定義の非現実と、船に揺られて社会主義国に帰るという現実とが、いかにも非現実的な倒錯に思われた。思えば、青年が抱きがちな無責任で、ロマン主義的な感慨だったのだろう。

あの年から数年前のこと、大学に入ったばかりの夏休みに、私は千葉県の漁港の駅に降り立っていた。人気のない港には錆ついた小さな漁船がたくさん係留されており、漁協のスピーカーから流行歌が繰り返し流れていた。「島へ寄らずにこのまま帰ろう……。情けあるなら、情けあるなら、帰りの港……」。田端義夫のテノールの歌である。この港町からバスで内陸の農村地帯に行き、そこの県立高等学校で私は国谷さんに会ったのだった。国語の教師をしているY先生が、私を招いてくれた。私の高校時代に、先生をリーダーにして東京で英語の小説を読む会がもたれていた。サマセット・モームがゴーギャンのタヒチ時代を描いた小説『月と六ペンス』はその一冊だったが、私の中で英語と文学とが結びついて感じ取れた初めての経験だった。

こういうわけで、たぶん気を利かせたのだろう、先生は何人かの女子生徒を呼んでくれていた。その一人に国谷さんがいた。夏休みの高等学校である。乾いたグラウンドに人影はない。木造校舎の教室の一つで、私たちはおしゃべりをし、控えめに笑いあった。何を話題にしていたのだろう。小説が話題の一つだったのだろう。教室の窓から、風が稲穂の匂いを運んできた。

国谷さんとはその後しばらくの間、文通が続いた。先の夏休み、高等学校の軒下で先生が写真を撮ってくれた。その内の一枚が手紙に同封されていたことがある。おかっぱの切り髪で、国谷さんは眩しそうに目を細めていた。制服姿ではなく、夏の白いブラウスに模様のあるスカートをはいている。背後に教室の木の壁と窓がある。私たちは何を書いていたのだろう。もう記憶がない。手紙も写真も失ってしまった。ただ、写真のお礼の手紙の返信に、きれいだと言われて泣いてしまいました、と書かれていたことを憶えている。

あれから、茫々たる年月が過ぎた。北朝鮮がもう一度、わが国の話題になることが多くなっている。悪い話ばかりである。時に国谷さんのことを思い出すこともある。国谷さんはほんとうにあの国に渡ったのだろうか。思い出すたびに、いつも田端義夫の歌が、それだけが鳴り始める。

「情けあるなら、帰りの港……」。

桜幻想

冬去りぬ

その年の冬はことさらに長く、寒かったように思い出される。休日の夕方、たいていは娘を連れて妻と散歩に出た。出版社の倉庫や町工場のまわりを安普請の一戸建ての住宅が埋めていた。無秩序に住宅の隙間を通り、この間までの農道が巡っている。急ごしらえのブロック塀に黒く塗られた鉄柵が錆び始めている。取り残された小さな畑に野菜屑の間から、汚れたビニールがはみ出している。

そんな町の外れに川が流れていた。関東平野の大きな河につながる支流である。大きな河から逆流する洪水に備えてか、土手が川幅以上に広い。土手には桜の樹一本もなく、丈の低い雑草がどこまでも続いていた。川の水は淀んで、空缶やビニール袋が河床の石に絡まっていた。

押し黙って歩く両親の様子に敏感に反応して、娘が土手の上をはしゃぎ回った。川の向こう、台地の雑木林の上にぼんやりした太陽が沈みかけている。風はなく、住宅や畑の上を薄い霧とも埃ともつかぬ、冷たい湿気のようなものが埋めていた。これも枯野に落ちる夕陽にはちがいない。冬もようやく峠を越そうとしているようだった。

川沿いの散歩を終えて、熱い風呂に入る。乾いた皮膚がいっせいに悲鳴を上げる。それが一瞬、私の身体を隈取ってみせ、いつも私に孤独を感じさせた。湯気にけぶった湯殿の高窓がゴトリと風に鳴り、外で群竹のこすれ合う乾いた音がする。北西の風に煽られて身もだえするような音ではない。湯に頸を浸した低い位置から仰ぎ見るように、丸い電灯がぼんやり滲んでいる。すると思い出したように高窓がゴトリと鳴り、それからしばらく竹の枯葉がこすれる音がする。皮膚が湯になじんでいき、私の孤独感も霧散していくようである。

冬了る底知れぬものと思ひしが　　相生垣瓜人

冬も三月に入ると、つんと澄ましたような高い青空が暗い曇天に席をゆずるようになる。夕暮れると低い雲がすこしだけ夕焼けの色に染まる。もう何年も繰り返し歩いてきた町並みである。農家の庭先から沈丁花が強く匂い、振り返って花の群れを探そうとすると、もう花の香りを通り過ぎている。

私の先方をベージュのコートを着た女が歩いていく。脛の色の白い娘で、ハイヒールの踵が鉄をこする音を立てた。こんな夕方は、いつも湿気が地面から層をなして溜まってくるように感じられた。

どこかに、猥雑でゆったりとした酒場はないか。私はきまって喉に渇きを覚える。

思想の季語

出勤の途次、バス停の方角に路地を回った時、その感覚がふいと意識された。北からの風に触れたからかもしれない。腕や太股のあたりで、衣服が肌と齟齬をきたすような感覚だ。皮膚の産毛が顕微鏡下の微生物の繊毛のように目に見える。その一本一本が敏感に衣服の接触に反応している。私は洋服の上から肌を摩擦した。バスを待つ間、額の皮膚を風が通るのも感じられた。

これが、その年の春の風邪の始まりだったが、どうやら、私はもう長いこと、春先に風邪を引くことを忘れていたようだ。肌と衣服の間に生じたあのずれの感覚が、とっさには何の徴候なのか思いいたらずに戸惑った。遠い昔のことだ。春の気配の先触れのように、毎年、私は熱を出した。春先の微熱などとは、まだ身体が瑞々しい若者時代までのことだ。その後も、春に風邪を引かなかったのではない。春先の熱の感覚を私は忘れた。当然のことだ。

ところが、その年はなかなか熱が引かず、あの朝の感覚を皮切りに、あたかも芋づる式に春先の風邪にまつわるキーワードが次々に浮上してきた。私の「思想の季語」。この年は例年になく春が寒く、列島上空で冬型の気圧配置がいつまでも繰り返された。四月に入っても雲は高く、その斑な配置の奥に青空が顔を出しているような空模様だった。高曇りの空が寒々と夕暮れる。桜は足止めを食って散らない。風はなく、夕べとともに花冷えが降り積もってくる。湿気に重い、いつもの花曇りの空気ではない。額に熱の薄い皮膜があり、その上を冷えた空気が滑るのが感じ取れる。

街角を曲がると、風が感じられる。けれども、身体を守る前線の位置に衣服が落ち着かない。コートをかき合わせても、衣服の外に身体の外部は形成されずに、衣服と皮膚との間に身体の前線が意識されてしまうのだった。

日本の詩歌に季語があるように、思想にも季語がある。思想が日常の実感に基づくべきだというのではない。そもそも思想の肉体性とか私性とか、私はそんなふうに思想を考えたことはない。そういうものを、思想とはいわない。思想は磨かれた金属のような普遍性を備えていなければならない。だが、思想にも、ひとに独自な匂いがあるとすれば、それはどこから来るか。思想が使う言葉にしかそれは由来しないとしたら、その言葉を、仮りに思想の季語と呼んでみる。

この時期に、繰り返し私の脳裏に立ち現われてくる一つの場面がある。谷川に沿ってリュックサックを背負った男が一人下りてくる。背後の山の嶺にはまだ雪が消えずに残っている。しかし豊かな水が流れる河床のあたりは、川柳を初めとした新緑が萌え出ている。淡い黄緑色の霞が、黒々とした杉の森と山の残雪を背景に漂っているようだ。その川沿いの湿った道を、男が下ってくる。軽い登山姿である。それなのに男はうつむいている。新緑を眺めることもしない。ちょっとばかり山隠りをしてきたように、人間との交わりの感じが男にはない。

これだけのことだが、昔見たヨーロッパ映画の一場面だ。いまでは前後の記憶を欠いている。

それでも、この場面が私の脳裏に残っているのは、これが私の思想の季語に属さない何かだからか。この何かに一瞬触れたと思う一時期が私にあったのだろう。

もう一つ、これも北欧の映画の夏の一場面である。男は旅をして湖水のほとりのレストランに来ている。ここの給仕の少女と男女の仲になっている。そして突然、この娘が湖水を泳ぐ場面になる。国際レベルの水泳の選手なのだという。なるほど、生徒が着るような黒い水着を着けて、娘の身体は見事な流線型のプロポーションだ。それがクロールで波一つない湖面を切り裂くように泳いでいく。海豹《あざらし》が泳ぐように見事なスタイルである。カメラは男の視線のように娘の泳ぎを追っていく。湖面は暗く、向こうの空もわずかの明かりが差すばかりで、黒雲におおわれている。映画が白黒のせいもあるけれど、この寒々とした場面がほんとうに北欧の夏だろうか。

エロス。これもまた、一つの思想の季語である。モンスーン地域に属し、ほっといても草木の繁茂する風土とは別のところのエロスが、私のかたわらを擦過しながら、私はそれを言葉にすることができない。これはエロスの民俗学に属することではないからだ。夏があんなに冷たい世界を想像することもできない。それでいて、思想の季語のように、私はエロスの断面に接触する。桜の季節が来ても、いつまでも立ち去らない上空の寒気が、遥かに散りゆく雲をわずかに夕暮の色に染める一瞬のように。

モルドヴァは昏き森か

ひともとの桜木ありて夜もすがら花散るを思う夜半の寝覚めに

鳥辺野に花散るらんか夜もすがら木戸のあたりに風の音する

何やらん想い出のあり西片町曙坂を下り行きしか

振り向けば西片町は古小路幻のごと女歩めり

裏通り三十路の方を振り向けば影絵のごとく女歩めり

モルドヴァは昏き森か西の方鴉帰り行く冬の夕べに

蠟の涙

自宅の近所に公営の墓地がある。私の散歩コースである。その日、私は裏門をくぐって、ゆるい坂道を登っていった。墓石の間の道である。こぶしの花が朽ちて落ち始めている。しばらく行くと、道が急に左に折れ曲がって、その先に小さな東屋がしつらえられている。墓参や散策の人のために建てたのだろうが、人がいたためしはない。散歩のたびに、目をやることもなく通り過ぎる。

ところがその日、ふと東屋の中に目をやると、奥にこちらを向いて女が座っていた。どこか崩れた姿勢で、神仏みたいに台座の上に座っている。長い髪が顔の両脇に流れている。目が細い。しどけない単衣姿で、首から胸にかけて肌が透けて見えた。顔も胸も黄色味を帯びて、古い蠟のような色である。蠟が垂れ落ちるように、女の身体の表面に粘っこい液体が滴りついている。蠟の涙を流している。台座の上で、女の身体全体がまさしく崩れ落ちる瞬間のように見えた。私は女にちらと眼をやったままに通り過ぎた。風もないのに、墓石の卒塔婆がかたかたと音を立てた。

墓地を横切ると、小学校がある。春休みのことで静まり返っている。建物の一角に古い校舎が残っており、その前に桜の並木がある。桜は校庭に覆いかぶさり、花がしきりに散っている。校舎は板張りの二階建てで、広くガラス窓が張ってある。ガラスの平面が不規則に歪んでいる。宮澤賢治の描く風の又三郎の学校といったところである。私は桜の花房のつらなりに顔を寄せて通り過ぎる。校庭をあとにしようとして、わざとのようにさっと振り返ると、校舎の窓ガラスが全面、ギラリと反射した。教室の板張りの壁と桜並木のあわいに、風が起きたのだ。

振り返れば、私は少年の頃から、人生の時間のもっとも大きな部分を、歩くことに費やしてきた。目的地も、話相手もなく歩いてきた。気がかりも悲哀もなく、頭を真っ白にして時間を渡る。頭の中に空無をこしらえるために歩く。風物はみな滑り去っていき、私は空無と一体になる。少年の頃から、私はこの感じを知っていた。

朝の落花

午後も遅くなってから、私は女の部屋に行った。四階建ての古い公営住宅である。隣同士、住居の扉が向かい合っており、ひどく狭い階段を螺旋状に昇っていく。戦前からの公有地に建てた団地なので、向かいに桜の古木の並木がある。女は勤めに出て、まだ戻っていない。私は一人でウイスキーをのみ始めた。グラスを揺するたびに氷が乾いた音を立てて鳴った。

女の部屋のベランダの前に、覆いかぶさるように桜が咲いていた。樹は根元が黒くねじくれて、ひと抱えもある。そこから枝を四方に伸び伸びと広げている。黒い幹をバックに、花はぼってりした房となってつらなり重なって、それが花群に厚みと重さを感じさせていた。風のない曇天である。花々は書き割りめいた白さから、夕べの光の中でだんだんに薄紫の重い色合いを滲ませていく。重さを増した空気の揺らぎとともに、思い出したように花びらの群れが舞い落ちる。西の空の薄明りが夜へと移っていった。

女が帰ってきた。桜の花房が部屋からの光を受けて闇の中に浮かぶ。夜桜と昼の桜はまるで違うものなんだ、と私は女に言う。二人で酒を続けた。

それから、窓を開けたまま私たちは寝た。私は女の小さな身体を裏にしたり表にしたり、淫した気持が続いた。書き割りに桜の花びらが霏々と散りしきるさまを思い浮かべ、私はそんな自分を嘲った。女は黙っている。それから、私は一本の桜に花びらが何枚あるか、概算する方法をあれこれと考えた。花房一つに花が二十個、それが全体で五百ついているとして、さらに花びらの枚数五を掛ける。その何万枚かの花びらが宙を舞う。このランダムネスは数学ではどのクラスだろうか。いや、私は都心の墓地で、風もないのに花びらがいっせいに、止めどもない流れをなして散るのを見たことがあった。瞼の裏が白くなった。そして私たちは眠った。

翌朝、目覚めた時には女はもう勤めに出ていた。私は食器と布団を片づけてから部屋を出た。乗客のまばらな郊外電車を乗り継いで自宅に向かう。最寄りの駅から、ゆるい坂を下る。妻が親から譲り受けた古い木造家屋である。いまどき、道に面して黒塀が残っている。コールタール塗装が古びている。外に溢れる生活の臭いがこの家にはない。静もった黒いものが中にうずくまっているようである。それでも、小さな桜の木があり、黒塀の外の道にわざとのように半円形に、花びらが散り敷いていた。花びらを踏んで、私は門に歩み寄っていく。

月の沙漠

乳房がゆるやかに盛り上がって見えた。女は仰向けに寝ており、かたわらで私は女の首から手を回して片方の乳房の丘を登っていく。肌理の細かい弾力のある肌は、写真に見る沙漠の砂丘のようだった。丘の頂上付近に黒ずんだ岩が突き出ており、まわりに崩れた岩屑が散乱して乳暈をなしている。この位置からは丘の向こうの斜面は見えない。私たちは言葉もなく横たわっていた。「月の沙漠だな」と私が呟き、「えっ」と女が短く聞き返した。よく知られた唱歌の一節を私は声に出してみた。

月の沙漠をはるばると、旅の駱駝が行きました
金と銀との鞍おいて、二人並んで行きました

乳房は月下の砂丘、ラクダの二つのこぶ、そして私たち二人はまた砂丘の旅人のようだ。
その日の午後、私たちは近くの喫茶店で落ち合った。店の向こう側は小高い岡になっており、こちら側に急崖をつらねている。岡の上の世界を下って、私は喫茶店に来た。周辺の町も店の内部も、岡の上とは大いに違っていた。店の片隅には新聞や週刊誌の類が重ねられており、造作も

雑然としていて幾何学的に整った冷たさがない。近所の小商いの者たちがスポーツ新聞を読んだり、地場のやくざ者が時間をつぶしていてもおかしくない店である。

ただ、店内は広く、昼下がりの日差しが満ちており、いまはほかに客もいない。すこしも汚らしい印象のない店だった。名前も「たんぽぽ」というのだった。下町の明るく雑で単純な「たんぽぽ」の店に落ちてきた、という思いが私にはあった。この店なら知り合いに見られる心配がない。逃亡者と咎められても、言い逃れできない身であることを自覚していた。

女の乳房の砂丘をゆっくりと下り、谷間に指を滑らせながら、私はうろ覚えの歌をなおも続けている。

金の鞍には王子さま、銀の鞍にはお姫さま
二つの鞍はおたがいに紐で結んでありました

私たちもまた、二つの乳房のように、紐で結ばれているだろうか。「月の沙漠」の歌詞には、まだ先があったはずである。

砂丘をこえてとぼとぼと、二人はどこへ行くのでしょこれはしかし、もう口に出して歌えるはずのない文句である。女はかたわらで黙っている。だが眠ってはいないことを、私は知っていた。

逢魔ケ時

台湾の屋台料理を売りものにする店に入り、小さなビールを片手に、あさりの炒めものを食べる。中華料理店のトレードマーク、赤い色の制服を着た給仕の女たちはみな現地から来ているらしく、仲間同士では中国語が飛び交っている。外国の映画を見たあとのように、なにかしら心を煽るようなものが胸の底にあり、この食堂がほんとうに台湾の街の場末であってもいいように感じられた。

つい先ほど、都会の夏が暮れていったばかりである。暑く晴れ渡り、風の吹く、夏の絶頂のような一日だった。靖国神社の脇にそって四谷の方角へ、幅広い歩道を帰ってくると、重い闇が風に乗って吹き寄せてくるようだった。この街路は丘の尾根筋を走っているらしく、左右に分かれる道がいずれもなだらかに下っていくことで、それと知れる。勤め人の影が急に薄くなる。自動車の流れが、いっせいに坂の向こうへ退けていく。それが都心から逃れ出ていくみたいに受け取られた。見えない事件の発生を告げて、夕闇に鐘がいっせいに鳴り出したのだ。ものみなが動き出し、心の荒立つ一瞬だった。逢魔ケ時のように。

その日、私は千鳥ケ淵にある病院に見舞いに行った。勤め先で部下に当たる若い娘である。一人、都会で暮らし始めて一年がたち、娘の拒食症が急激に進んで、私たちはあわてて彼女を入院させた。神経性食思不振症、これが診断名だった。見てくださいよ、入院一週間で、もうこんなに肉もつきましたよ。ベッドの上で娘は大げさな身ぶりで話をした。ふだんの無口と比べれば、明らかに状態がハイである。

私には病者に対する同情心がない。もともと人間というものへの想像力に欠けている。まして相手は若い娘である。いや、心因性の病気だという。受け持ちの医師が言った。付き添いの母親にたいして、幼時への退行と依存の傾向が出ており、これを出し切ることがまずは大切なことだと。あたかも心に行動の核のようなものがあり、それが幼い頃から奥底で徐々に凝り固まってきた。食を受けつけないという形で、突然に発症する。いま、それをいわばおびき出し、病原菌を除去するみたいに体外に放り出してしまう。そんなことだろうか。彼女は多少とも自己の統制力を失って、心の病原菌に行動表現が乗っ取られている。

私は若い娘であっても、そうした人間の行動を見たくない。医師とはなんと奇妙な仕事だろうか。

ふつう、ひとは心を医者のようには考えない。心と身体の動きに切れ目はない。人の心を摑むとは、つまり彼女の身体を摑むこと、性的な関係としてしか考えることができない。だから、ひとの心を知ることが恐いのだ。性的な関係が恐いから、私はひとの心に触れることを避けてきた。不謹慎なことだが、拒食症の娘の心因に何か性的なものを想像することができない。それがつまり、ふつうの心の悩みでなく、彼女が非正常な病気の状態にあることなのかもしれない。病気とエゴイズムは両立できない。

この夏の夕べ、私が逢魔ケ辻を下ってきた時、私の心に鳴っていたのはエゴイスチックなものであったにちがいない。その孤独にどんな性的な色合いも欠けている。ずっと以前から、私はこのことを知っている。若い時に比べれば、むろん、この孤独が心を煽る度合は薄れているだろう。場末の台湾料理店で私が感じ取る心の奥の遠い高揚は、その残照のようでもあった。

あるいは、病院のベッドの上で逢魔ケ時を闘う若い娘の、奇態な心の高揚の反映であったかもしれない。

銀ヤンマ

杉の切株に腰を下ろして、女は小さく黙っていた。ありきたりの話ができないわけでもないのだが、どんな話もほんとうは触れるべき話題の存在を意識させてしまう、それが恐い。

山道を風が下ってくる。

「トンボだわ」と女が小さく言った。

銀ヤンマだった。風の水脈をなめらかに流れて、銀色の羽をひらめかせて下りの勾配に平衡を保つ。虎斑《とらふ》の尾はぴんと張って動かない。それからまた、すっと風に流れて、女の前を私のところまで落ちてくる。夏の少年たちの英雄だ。杉木立の風の道の冷んやりとした感触がする。

その日の午後、東京の都心から一時間あまり電車に乗って、関東平野がようやく北の山地にぶつかる山裾の駅に私たちは降り立った。駅前の小さな商店街を抜けると、すぐに山につながる住宅地になる。

女に導かれて行き着いたのは、黒いタールが色褪せた板塀の家だった。脇を豊かなやり水が流れていた。幼い頃の一時期、女が住んだ家だという。幼時を女は語って、多弁だった。自己愛の勝った話だったにちがいない。外国旅行のみやげ話を聞かされるように、ふつう、幼い頃の想い出話は他人を白けさせる。しかし、いとおしく聞くこともある。それがいわば女との関係の分水嶺だった。

私には東京以外に帰るべきところはない。それが、女と同道して女の故郷を訪ねているのだ。家の脇を流れる豊かなやり水に手を浸し、水に流した笹舟の想い出話に笑っている。一緒になりたいと告げに、女の両親を田舎に訪ねるのと同じことではないか。

この板塀の家に、もう女の家族はいないし、ここに女が住んだのも幼時の一時期にすぎない。ここを訪ねたのもちょっとしたいきがかり、一緒になりたいのだと誓う縁者はいない。二人の間でも、そんな話を表に出せない事情が絡んでいた。でも、同じことなのだ。幼時、女が遊んだ裏山の杉の小道に、二人して腰を下ろしている。もう引き返すことができない。

杉の山道を風が下ってくる。そして、今度は私の側から銀ヤンマが風の道を登ってきた。やすやすと銀色の翼が風の勾配を乗り切って、ヤンマの大きな目玉が私の前で静止する。それからまた翼が水脈にきらめく。銀ヤンマの翼の赤い筋肉、その膂力のことは少年なら誰もが知っている。英雄の力のみなもと。

「帰りましょうか」と女が小さく言った。

夢の名残り

一千光年

丈の高い建物の角を曲がると、そこには別の道路があり、違った風が通っていた。そうだ——。いまのふとした意識の途切れに、一千光年もの時間が経過していたにちがいない。遠景に踏み切りのだんだら模様の遮断機が音も立てずに上がっていく。何が起こったのか起こらなかったのか、時間を辿る糸口すら、もう残されていない。

若い頃、一人で街を歩きながら、私はこんな文章を感じ取った。久しぶりに思い出したのも偶然のこと、スティーヴン・キングの長編小説のせいである。いわゆる時間旅行の話である。主人公は二〇一一年の合衆国メイン州の地方都市から、目に見えない階段（兎の穴）をほんの二、三段下りるだけで、同じ都市の一九五八年に降り立って旅をする。小説のタイトル『11／22／63』はケネディー大統領がダラス市で暗殺された日付である。それもあって、私はキングの小説を初めて読んだのだが、達者な語り口に感心した。たいそうな才能である。それに、五〇年代末のアメリカの生活をいまに堪能することができた。なんといっても、同時代に日本から遠望したアメリカでもあるのだから。そして実は、田舎臭いアメリカがそこにあった。

だが、そういうことではない。私がこれを書くきっかけになったのは、キングが描く時間旅行のことではない。主人公は兎の穴を潜って五十年前の世界、だだっ広い道路を隔ててドラッグストアとガソリンスタンドが向かい合う、メイン州の田舎臭い街角に降り立つのだが、現在へ戻る時も同じ道を辿る。そしてこの間、今日の生活はわずかに二分しか経過していないのだという。一九五八年から六三年まで足掛け六年も異世界を巡ってきたのに、戻ってみれば元の生活はまるで変わっていない。帰還した主人公を飼猫が迎えに出る程度の時間経過でしかないのだ。事実上、一瞬のことにすぎない。ふとした意識の途切れに、別の長い時間がどこかで通り過ぎただけのことであったかもしれない。いや、そもそも、時間旅行の体験など存在してはいなかったのだ。

時の途切れに身をひそめ
ところ定めず風が立つ
九月を私は愛していた

けれども、街角を曲がれば、ふいに別の風が吹く。この一瞬に一千光年の私の時間が経過していたのだと感じる。曲がり角に建つ建築の稜線が、その時間の裂け目を縫合した痕跡であるにちがいない。とすれば、一生の内に、いや一日の内でも、時間のこんな裂け目はいくらでも起こっていることかもしれない。ならば人生の一貫性はどうなるのか。存在世界の秩序の永続性がどうして信じられるだろうか。

人生はひと筋の流れ、あるいは不断の積み重ね、その結果としていまの私がある。私はしかしこうした感じ方をしてはこなかったような気がする。たとえば、これまで二度ほど地方に住んだことがあるが、その前後が生の連続性で繫がれていたようには思い出せない。逆に、深刻な断絶や跳躍がそこにあったのでもないのだ。一事が万事、私の人生はむろん、ひと繫がりでありながら、一千光年の時間の切れ目をそのつど縫い合わせてきたものであるかもしれない。

秋深し通夜の女の通りけり
風ありて卒塔婆鳴るなり鷹ケ峰
シャボン玉地球いくつも散逸す
穏やかに冷え冷えと老いて秋曇天

大いなる都会

映画館を出た時には雨は上がっていた。水気を含んだ落ち着いた空気の中を、有楽町から日比谷公園のほうに私は歩いていった。

映画は時代劇のアクションもので、久しぶりに有楽町に出て用を足してから、夕方までの空き時間に私は駅からすぐの東映に入ったのだった。以前は通りに面して円形に正面を向けていた建物は新しい高層ビルに変わり、一階にあった何軒かの映画館は揃ってビルの上の階に移っていた。

観客はみな、登場人物の表情をして映画館を出るものだという。西部劇なら二丁拳銃を構えた気分である。けれども、映画館を出て、通りの人の流れに合流する時、映画のことはすでに私から遠のいていた。つまらない映画ではなかったのに。私は空っぽの気分で日比谷の交差点を渡っていった。

日比谷公園では欅の木立がのびのびと枝を伸ばしており、雨のあとの黒い幹を背景に、散り残った紅葉が鈍い輝きを見せていた。銀杏の並木はいまが絶頂であるかのように、すべての葉を黄色に染めていた。公園をこの大いなる都会が取り巻いている。私はゆっくりと遊歩道を巡回した。この空なる気分は何であろうか。それがいぶかしい。

有楽町の映画館が円形の正面に派手な看板を並べていたその昔は、本郷の大学前から都電に乗ってロードショウを見にいった。電車は御茶ノ水の昌平黌の裏から湯島の坂を下り、大きく湾曲して万世橋を渡って日本橋界隈の古い銀行街を過ぎていく。左右にがたがたと揺れる都電の感覚がありありとよみがえってきて、綿の紐が引かれてチンチンと合図が鳴る。あの時代の若さも、あの時代の銀座や有楽町も、いまや遠く彼方の絵空事のようだ。

久々に有楽町界隈を流れ歩いて、この喪失感があらためて刺激されたのだろう。それは懐かしさや愛惜の念ではなく、ただの空虚、街の向こうの空に書き割りのような青空が眺めやられるだけなのである。

これは別の日のこと、私は秩父宮ラグビー場まで選手権試合を見に出かけた。もう十二月も半ば、公園の木々はすっかり葉を落としていたが、暖かなよく晴れた日だった。試合が終わって千駄ケ谷の駅に戻る途中に、一般向けの野球場がある。会社のチームの練習だろうか、若い娘が三塁の位置でノックを受けていた。広いグラウンドの向こうに日が落ちていく。暖かい冬の夕暮である。西の空に夕映えの雲が湧くでもなく、微細な光の粒子が地平の向こうに降り積もるような暮れ方である。淡い青色が低くなるにつれて橙色の層に変わり、微細な光の乱反射がきらめいている。それが紫を濃くしながら遠い建築の屋根の向こうに沈んでいく。大きな高気圧の気団が居座る大陸の日没もこんなであろうか。風も雲もなく、光のくすんだかけらが寒気とともに地平に降り積もっていく。

同じような十二月の夕暮に、新宿御苑の枯芝の上にいたことがある。暮れゆく光の地平の中に落日が血のような色をして浮かんでいた。戯れに日輪に捧げるしぐさで、私はかたわらの女を両腕に抱え上げる。この大いなる都会の大いなる日輪。女を捧げ持って、ゆっくりと身を回す。めくるめく回転するのは、大いなる日輪とこの都会なのである。

鏡の街

都心にあるその店に着いた途端に、日にちをまちがえたことに気づいた。古い友人の何人かと会合する約束があり、その日の昼過ぎに私は出かけてきたのである。昔ふうに食堂と呼びたくなる広い居酒屋である。机と椅子とが何の細工もなく整列している。客はまばらで、当然のことながら友人たちは来ていない。中途半端な気持で、私は店の一角に腰を下ろして、ビールを注文した。

ここを会合に指定した友人は、週日の昼日中からこういうところで酒をのむ習慣を身につけているのだろう。みんな退職した身である。まわりを見渡せば、確かに客はどれも老人ばかりだ。店内は妙にシンとしている。注文を急かせる店員も来ない。どこかに、広くて淋しい食堂はないか。近頃は小さなキッチンふうのレストランとか、やたらに個室を限った居酒屋が多い。まさしく食堂、広く店内を見渡せる一角で、酒をのむのがいい。ずいぶん昔の記憶が、ぼんやりとあたりに立ち込めている。

この店は薄暗く広いだけに天井が低く感じられる。町の裏通りに面して窓が広く切ってあるが、私の座る一角までは光がじかに差し込んではこない。窓を通して、街路をまばらに人が行き交うのが眺めやられた。赤と青にそれぞれ染め抜いた宣伝用ののぼり旗が二本、風にはためいている。

都心に涼しい初夏の風が吹き渡る季節である。そういえば、今朝、私は手足の爪を切り、シャワーを浴びてから、郊外電車に乗ってここに出向いてきたのだった。

裏通りの向こうはコンクリートの建築が立ち並んでいる。窓を通して眺めると大きな鏡を貼り合わせたように見える。ぎらぎら反射しあうのではない。書き割りのように奥ゆきを欠き、継ぎ目も曖昧にガラスが接合して、不規則な幾何学を見せていた。ビールの酔いがすこし回ってくる。この食堂にほとんど気づかれもせずにたゆたっているのは、時間というやつなのだ。老人の時が昔からのひと続きの線でなく、淡いモザイクの風景のように平板に感じられる。風景がゆっくりと切り替わっている。窓の外の街を吹く初夏の風が、時を形象し、音もなく形象を移転させているのだ。

思いがけずこんな時間に、旧友たちに逢いそびれて一人で居酒屋の片隅に座る。ゆっくりとビールをのみ、時が立ち止まっては場面を移すのを感じ取っている。こんな時間が増えていき、齢を取っていくのだろう。それでも私は決まりをつけるようにして、やがて店をあとにするだろう。風を感じながら街角を曲がる。駅に向かって人数が増えていくのにまぎれて、郊外に戻っていくだろう。

サイボーグ

よく晴れた五月の昼近く、私は郊外に向かう電車に座っていた。電車は高架線を走っている。都心を離れるにつれて、窓の景色をさえぎる建築物もまばらになっていった。風景に透明度が増した。どの駅から乗ってきたのか、先ほどから私の右のほうに若い女が立っている。

ひと目で白人の娘に見えた。ラテン系にしては肌の白さが際立っている。さりとて、北欧人のように大きくもいかつくもない。背は日本の女とあまり変わらない。全体にふっくらしていて、顔つきも可愛いほうだ。でも東洋人とのハーフではない。すこし悩ましげに見える眼のあたりは、これはもう白人のものだ。女の白い顔を時折り緑の影がよぎる。私は見るともなしに女を観察していた。

その内に、私の左隣の客が席を立った。あとに座ろうとして白人の娘が私の前を横切る。まともに目があった。薄いブルーが際立つ目だった。私のほうも我知らず女を見つめて、それが相手のまなざしに絡んだようだ。一瞬、切なそうな目つきを見せて、ああ、と短く声を発した。女は隣に腰をおろして、

「ありがとう」と私に言った。滑らかだが、どんな訛りも感じさせない。

「中性的な発音ですね」と私が返すと、

「ええ、私、サイボーグなんです」と女が応答した。

「高性能ヴァージョンですか」とたたみかけると女は笑みを浮かべた。男の軽口に応える笑いでもなく、さりとてつらさを訴えるような表情でもない。その両端の間に漂うような笑顔だった。

それきり女との会話は止んだ。無言のまま電車は郊外の山裾に近づいていく。無口も高性能の内かと私は内心で苦笑した。女とかすかに触れ合う腰のあたりに温かみが通うような気がした。

「私、ここで降りますけど、どうなさいます」と、正面から向き合って女が言った。電車は山裾の緑の中に停車しようとしていた。彼女のあとについて電車を降りた。高架のプラットホームを涼しい風が吹き渡っていた。二人して彼女の部屋へ向かうようである。

そこで、目が覚めた。夢かと知る小さな驚きと、夢の名残りの空しさとの間で、私の気持がすこしの間、揺れていた。私はフォーレの音楽をひいきにしていたが、「夢のあとに」という歌がある。目覚めの床で、しばらくそのメロディーが鳴っていた。

よろしかったですか

長く生きていると、日常の言葉の趣意がいつの間にか転換していることに気づくことがある。「夢を見る」ことが否定（悪夢や空想）から肯定に変わった。いまでは若者に夢を持てと言う。

その他、もうすっかりなじみになっているが、「今日も新幹線をご利用いただきありがとうございます」と車内放送がある。当初は「今日は……」だった。乗客の特別の振る舞いに感謝する日本語である。「今日も……」では、「またか……」というニュアンスが混じる。

乗物に関連したアナウンスをもう一つ、「危険（危ない）ですから……」の代わりに「お客様自身の安全のために……」などと呼びかけられる。日本語でなく、翻訳語である。私はバスでこのアナウンスを聞くたびにいやな気分になる。

すこし違うことだが、近年に気づいたことがある。注文を聞きにきたウエートレスが「以上でよろしかったでしょうか」と聞く。宣伝用の電話があり、「何々さんのお宅でよろしかったですか」と切り出す。「よろしい」が過去形で使われるようになった。

実は私が初めてこの言い方に気づいたのは、東北地方に住んだ頃のことだった。青森市のグランドホテルの入口で、「食堂はありますか」と聞いた時、案内の若い娘が答えた――「洋食と中華がありました」。もちろん、いまはもうないという意味ではない。それでも私はふいを突かれたのだった。その後も東北の各地で同じように過去形が使われるのを耳にするようになった。いまに始まったことではない、私がこれまで気づかなかっただけなのだ。

だとすれば、と私は思案したのだが、これは過去形ではない、継続を意味する現在完了形ではないのか。現在の標準日本語には明確でないこの時制が、東北ではまだ残っている。東京生まれのことを英語では現在完了で言うではないか。私の妄想である。そして、一部の言葉遣いとはいえ、この過去形がその後またたくまに全国に伝播した。私ももういちいち気にすることはない。

そういえば、これも東北での話である。ある朝、日用品販売のダスキンと名乗る若者から電話があった。

「奥様はいらっしゃいましたか」

そういえば、そういう者がいた、ことがあったなあ、と私は苦笑いするばかりだった。

真昼間の墓地

一番町の三越前で友人と待ち合わせた。懐かしい会い方ですねと笑った。かつてはここから二人してのみに出かけたのである。しかし今日は真昼間、目抜き通りを歩いていく。街路の銀杏がいっせいに芽吹いている。高い空に白い雲の軍団があり、日差しが陰っては、また戻るような晴天である。風が冷たい。光がそこここで飛び跳ねるようだ。ただ明るいだけではない。みなぎるようでもなく、一方向に流れるでもない。文字どおりにきらきらと散乱している。

大勢の人出があり、それがメランコリックな行列のように見える。以前にもこんな一瞬に立ち合ったことがあるにちがいないのに、初めてであるかのように私は光の散乱を横切っていく。脊梁の山々が残雪を乗せて青くつらなる時期である。仙台を離れてから、もう十年近くになる。この感じを忘れていた。時と所が容赦なく限定された光景というものがあるのだ。街も人も変わる。それでいて、空と雲と光の一瞬のたたずまいだけは変わらない。

友人と別れてから私は東京に向かう列車に乗った。福島を過ぎれば、晴天だといっても、もうあの光の散乱は跡形もない。

昨日は車に同乗して、北上から脊梁の長いトンネルを潜って湯沢に出た。何の見えもない寂れた田舎町である。曇天に冷たい風が吹いていた。まだ桜は咲いてもいない。新しい立派な駅舎で待ち合わせて、私たちはさらに山のほうに向かった。田んぼの中、村の旧道の脇に十数基の墓が集められている。寺があるでもなく、塀に囲まれてもいない。ただ道のへりに小さく寄り集まっているだけの墓地だった。

私よりひと回り以上若い友人の一周忌である。昔の仲間が八人集まっての墓参である。墓前に酒と饅頭などを供える。風があって、線香になかなか火がつかない。墓地の先に、冬を抜けたばかりの民家が見える。村道のバイパスの向こうに山が迫っている。遠景として見れば、なにやら古風な墓参のスナップ写真に見えるだろう。それから、故人の両親を訪ねて玄関先で挨拶をした。高齢のご夫妻である。息子の友人たちを見れば、つらい思いを残すだけだろう。といっても、彼らもとうに六十歳を越えている。

それから、八人はさらに谷あいを登って小安峡という温泉に落ち着いた。雪は残っておらず、さりとて新しい色も見えず、山峡は雨に降りこめられていた。

春遍満

その朝、私は百万遍の交差点を渡って知恩寺の境内に入っていった。大きな本堂が真正面に甍の屋根を張っている。その上、朝の青空に雲の切れはしが浮かんでいる。そこに向かってまっすぐな参道を歩く。がらんと広い伽藍を本堂と対面しながら、こんなふうに歩くことが私のしきたりである。知恩寺は観光スポットから外れているので、この朝もほかに人はいない。

階下に靴を揃えてから本堂に昇る。正面、障子紙を貼った引き戸を開けて暗い堂内に入り、内陣に向かって焼香してから念仏を五遍ほど唱えた。それからいつものように、入り組んだ組物からなる軒を見上げながら本堂を一巡した。ここは私の好きな場所である。そして今朝は、この伽藍にもお別れを告げにきたつもりである。

これまで五年ほど、私は若い人びとの研究会に参加して京都に通っていた。昨日はその最終回のイベントだった。私には初対面の研究者たちの集まりだったが、五年の内に仲間意識のようなものが生まれていた。私にもなにやら懐かしい気持が生じており、これは皆さんにたいする好意なのだと感じられた。彼らの敬老精神の恩恵にあずかって、私はそれなりに大事に扱われているようだった。打ち上げの宴の終りに、座敷の床の間を背にして皆で写真に収まった。これも一つの別れだった。

その朝、知恩寺をあとにして私は歩いて鴨川に出た。晴れ上がっていたが、まだ風は冷たい。広い河床に芽を吹いた柳がなびいている。振り向けば鞍馬から比叡のほうへ低い山並みが見える。水鳥が川面を活発に泳いでいた。私は飛び石伝いに川を渡る。この光の遍満の内に、ものみながいっせいに春になろうとしている。春が遍満しようとして動いていた。そこに何の気負いもないし不思議もない。鴨川の広い眺望の中で、ただあっけらかんと、春が来るのだと告げている。

鴨川の河床をゆっくりと下っていく。別れの感覚がふたたび喚起された。若ければ別れが新しい世間への転身につながることがあるだろう。卒業である。もとより私にはそれがない。京都に五年の別れを告げて東京に戻る。いっせいに春が始まるだろう。遍満する春のさなかに、私には残された何物もない。あっけらかんとしたその展望がおかしい。これから何をなさいますか。いえ、本格的に老人をします、と私は答えて、昨夜は打ち上げの宴をあとにした。

所定めず時ならず高く雲湧き日は陰る
夢の名残りか幻か肌えを風が流れるばかり
昏や昏やの志城の森名残りの落葉も沈みがち
西の雲間に薄明り鴉二声帰り行く

日のめぐり

日の経つのが早い
金曜日が過ぎて、もう、また金曜
飯を炊き入浴をして、また今夜、風呂に入らないといけない
季節は速やかにめぐり行く
春が来て、一挙に新緑へ
都会が最も美しく見える一日
紀尾井町から赤坂へ坂を下る、昔、少女が言った
「いつかお濠でボートを漕ぎましょうね」
若い勤め人たちが街路を行く
透明な北の風に樹木が騒ぐ
樹木と同じ根から、ビルディングの群れが生え出ている

日のめぐりが早い
そんなに急いでどこへ行くのだ

行く先はとうに決まっている　心は少しも急いていないのに
少年は眠らない
南の窓が小さく鳴った
戸外の闇に　春の潮が満ちてきたのだ
老人も眠らない
時の潮が引いて行くのだろうか
窓が小さく鳴る
少年の日には　都会はいつも乱反射するギヤマンの塔
その中を歩み行けど　行けども到達できない彼方
求めても得られることのない約束の時間

都会が最も美しく見える今日
濠端のボート乗り場はいまも健在だ
水面に小皺が立ち　人の影のない昼下がり
都会はいまは書き割りの絵
重力を欠いたビルディングの影に　埋もれる緑
どうしてそんなに急ぐのだ

年ごとに　私の歩みは遅れていくのに

登校の時

定年退職してから、当然のことながら家にいることが多くなった。毎日の生活も単調で規則的である。朝食を終えて一服の時、ふと脇のデジタル時計を見れば、ちょうど8：00を表示している、などということも稀ではない。

近所に学校がある。この時間は生徒たちの登校のピークである。

まずは小学生で、集団登校だとか、十数人が一列をなして通る。梅雨時である。列の先頭と末尾に上級生が立つ。先頭は女の子のことが多く、半パンツにすらりとした脚を見せている。小学生では背丈の違いが大きく、うしろを行く一年生たちは先頭の半分もない。列に段差があり、先導役の女の子が余計に長身に見えるのだった。全員が黄色い帽子をかぶってランドセルをしょっている。加えて頭陀袋のようなものを持参する。ランドセルにもなにやかやがぶら下がっている。まだ目覚めが十分でないのか、皆がうつむきかげんに押し黙って歩いていく。狭く区切られた歩道を一列をなしていくので、おしゃべりもかなわぬのかもしれない。心なしか陰鬱な一列のようにも見えるのである。

一団が過ぎると、じきに次の一列が続いた。私にはこの一行が物めずらしく、よく窓辺で眺めていた。外に出て列の脇に立って、一人ひとりが過ぎていくのを眺めていても飽きはしないだろうと想像する。これが下校の時になると、今度は三々五々、大きな声を投げ合いながら、文字どおりに道草を食って帰っていく。

思えば不思議なことだが、子供たちは、朝起きれば学校に行くものと決めている。子供たち、この小さな生き物（クリーチャー）。私はいつも思うのだが、子供は絶対の幸福であり、そうあるべきである。家庭の事情や学校の成績などに頓着しない絶対である。大人が子供たちの振る舞いに見ているのも、この小さな生き物の絶対の幸福なのだ。

小学生の登校が終わる頃に中学生が続く。こちらは三々五々だ。中途半端な性の年頃なのだろう、皆ずんぐりしてくすんで見える。バックパックを腰の上に括りつけた格好で、制服がいかにもそぐわない。彼らも下校時にはふざけ合って家の前を帰っていく。

次いで高校生になるが、駅からの通学路ではないので数はすくない。一人ずつ、自転車で通るのである。

それから、若い母親たちが子供を自転車に乗せて保育園に向かう。

生徒たちの登校がすむ頃になると、私は新聞を読み終える。関わりのないことは読みとばす。本の広告と外信しか読まないと、新聞社の旧友に憎まれ口をきくこともある。

古い日本語では、自然《おのずから》とは自然必然ではなく、偶然、たまたまのことである。この意味で、やがて私にも人生の終わりが来る。いってみれば投降の時である。眠りに就いて朝になれば、やがて目が覚める。そのこと自体が疑わしく、たまたまのことと思うようになっている。

さて、わが家の脇の道も人通りが絶えた。私は当時続けていた中世説話集の統計的分析のために、腰をあげて二階へと階段を上っていく。私の思考はもう「絶対の探求」を放棄してしまって久しい。

引退という生活

朝の内に家を出た。上下の背広を着て久しぶりの外出である。昨夜は春一番の雨が屋根を叩いていたが、今朝は匂うような晴天だ。講演を聴くために私は都心に出ていくのである。主宰者でも、演者でもない。義務でもなければ義理でもない。気まぐれな旅に出るような、当てもない気分である。どっちつかずだが、気分に余裕を感じながら、私は神田の一ツ橋に着いた。学術機関のセンターのような建物である。人の気配はちらほら、アカデミックな雰囲気が漂っている。

そのホールで、私は中国古代史の碩学に関する講演を聞いた。私はもとよりコメントを求められてはいない。それになにしろ、途方もない国の、途方もない学問の、昔気質の学者についての話である。演者は知らない人、まばらな出席者にも知り合いはいない。挨拶を交わす人も見当たらない。この浮世離れした気分に、もう私は違和感を持ったりしないのだった。

講演が果てて、私は向かいの学士会館でランチに洋食を食べる。天井の高い、古めかしいレストランで、名誉教授のような老人たちがいる。その昔と何も変わっていない。ただ、私自身が、いまは元大学教授に見えるかもしれないのである。まわりには背の高いビルディングが立ち並ぶようになっている。ビルの上の、そのまた高くの青空に白い雲が漂っている。二人目の講演を聞き終えて、私は家に帰っていく。対象のない、そこはかとなく抽象的な喪失感がずっと帰路の私につきまとってきた。

しばらく前のことだったが、果てもなく電車を乗り換えて、私は多摩の奥の大学に辿り着いた。何年も見ぬまに、尾根の上に展開して孤立していたキャンパスも、私鉄の駅とつながって人通りがにぎやかになっていた。そのキャンパスの一角で、私のかつての弟子筋に当たる人たちが主催して研究会が開かれる。私はもう主宰者でも講演者でもない。参加者は二世代下、大学院生が主体の若い者たちだった。彼らの研究発表の一つひとつに論評が期待されている。そう思って質問したりするのだが、もう研究の背景や細部が私にはおぼろげなものと化してしまっている。そう思って、会の最後に短い感想を述べて全体の講評に代えた。

もうこれが私の参加のしかたである。いまさらながら、もう限界だと感じるのだが、それが残念でも何でもないのである。引退する者の悲哀と思ってみる。悲哀はなにがしか宙に漂うように、そこはかとなくそこにあるだけ。

そして今日の外出である。この一種軽快な喪失感はこれからの生につきまとっていくものなのか。それとも機能と能力の限界へと、急速に昂じていくだろうか。私の家の庭では、白木蓮が終わりとなり、桜が咲き始めている。赤と黒のまだらな夕暮が近づいていた。

午後の平穏

この頃のこの平穏は何なのか晩秋の午後の老いゆくごとく

飯食えば淋しさまさる秋なれや今朝在ることの訝《いぶか》しきかな

朝には目覚めることの不思議とも思える日々の小さき蘇り

庭の辺の落ち葉に小さき音立てて冬至の朝は雨になりたり

ものみなを明と暗とに分断し日差し傾く冬至の街に

錆色は寂れるにあらずぱりぱりと桜落ち葉を踏み行く午後は

梢高くきらめき渡る寒風よわが心根に陰りは去らず

曇天ににじむ光の昼下がりいまふたたびの春もあらなん
雑色を映す川面を飛び跳ねて銀の光の小魚の群れ

この光る、寂しき二月

郊外電車を降りて商店街を抜けると、そこにもう広い河筋が開けていた。私は土手の道を下っていく。桜並木が現われて、老木がねじ曲がりながら梢の網の目を空に広げている。河筋を外れたところに鎮守の森が見える。北関東のあちこちに残る氷川神社である。古ぼけて大きな社である。神殿のまわりを丈の高い杉が巡っている。唐門ふうの庇を張った正面に立って、私は綱を引き柏手を鳴らして、我らを護り給えと頭を垂れる。頭上でガチャガチャと鈴が音を立てても、ほかに人はいない。境内はがらんとしてすべてが寂れている。由緒書きの立て札はあるが、文字が剝がれて読むことができない。宮殿をひと回りしてから私は参道に戻る。欅の大木が幹を奇怪によじらせながら枝を張っている。

こうしてまた川岸に帰って、私はさらに河口のほうに歩いていった。よく晴れた二月の午後である。風は弱いが冷たい。その風に向かうようにして私は来し方を振り返って見た。広い北関東の平野である。彼方の冬枯れの木々の遠くに、秩父の山並みが低く青くつらなっている。鎮守の森の向こうに送電線の鉄塔が高くつらなって見える。そして、地平の上に空が、空だけが広がっていた。低い地平線の上のすべてを空が占拠している泰西名画の構図である。もう、ホモジニアスで雲ひとつない真冬の空ではない。

白い雲の断片が時折り陽を覆った。そのつど光に動きが感じられた。この空のもとに、空気が大きなガラス板で構成されているようだ。キラリと反射するのではない。広い硝子戸が風に揺れるように、ガラスの空気が時折り隣同士の継ぎ目を見せて光る。継ぎ目はすぐに消えて、もとの広さに戻るが、また別の場所にかすかに直線状の継ぎ目が現われる。二月の雲と光とが演じる季節の動きである。

この光る、
寂しき自然のいたみにたへ、
…………

萩原朔太郎

少年の頃から、私は関東の平野の冬を愛してきた。時も所も定めずに、私はこの平野を歩き回ってきたのである。ことに二月の光と雲の動きが、そのつど私の記憶を刺激した。何かが動いていくのだ。二月が去っていく。二月は残酷な季節。詩人の言葉を変形して、私は少年時代から憶えていた。きまって何かが失われることが二月に起こったからだ。その二月が空無の喪失感を喚起しながら去っていこうとしている。この北関東の広い空にみなぎっては揺れ動くのも、二月の喪失の光にちがいない。

私が退職してからじきに、母が逝った。これも二月だった。あれから五年になる。ひとと口をきくことのない日が何日も続く。決まったパターンで一日を繰り返して、別に退屈することもなかった。言葉はいつも内語という毎日である。毎日のパターンには歩くことが組み込まれている。今日はすこし足を伸ばして、歩くために電車に乗った。冬枯れの桜並木はやがて途絶えて、河筋は関東平野を縦断する大河との合流に向かっていく。そのどこかで踏ん切りをつけて、私は郊外電車の駅に戻っていくだろう。二月の懐かしさを身体に染みつけて。

　すこし雲が出てきた。

白木蓮

シクラメン燃えるがごとき花群に日差しの届く午後になりたり

如月は光の春にシクラメン焔《ほむら》くれない紫煙の先に

夕闇に木蓮の花のほの白く葬列の灯の漂うごとく

天空に木蓮の花を仰ぎ見るいかにありしか去年の春は

西空の春のなごみを先駆けに列島遠く雨近づきぬ

春先の雨

雨が音も立てずに降っていた。

私は庭に面した部屋で、いつものように朝食の支度を整えた。トーストと牛乳、次いでヨーグルトと一緒にリンゴを食べる。それからコーヒーに朝のタバコ。もう何年も同じことである。

昨日は若い人びとと朝から本を読む会があった。終わって、これもいつものようにビールをのんで雑談を交わした。いまの私には月に一度あるかないか、人に会い、口をきく機会である。

そして、酒のせいで長く眠った。夢を見ていた。建築家の私的な集まりのようである。これが二度目の参加で、私は彼女を伴っていた。「松下ケイコさんです」と皆に紹介した。すると、ああ松下ヨースケさんの娘さんだと、会の主立ちの二人がなにやら警戒のしぐさをして、その場を出ていった。それから脈絡の取れない短い場面があり、映画の文句のように私は自分に唱えている。「彼女を深く愛していた」と。

そこで目が覚めた。長く寝たせいだろう、目覚めに荒い息を繰り返していた。夢の名残りでもあったにちがいない。愛するなどという言葉を、もう長きにわたって使用したことがない。夢の目覚めに、その驚きが残っていた。

コーヒーをのみながら煙草を吸う。この私は二十歳でも八十歳でもいい、そんな人称を欠いた朝のひとときである。時間というものだけが感じ取れる。たばこの煙とともに時がたゆたう。私もまた溶解していく。ひょっとして、私はまだ二十歳なのではあるまいか。昨日はめずらしく人に交わり、今朝は夢の名残りに時間を失う。ちょっとした奇跡のような断絶がある。もう何の感傷も伴わずに、孤身の時だけが存在した。

庭に積もった落葉の上に、静かな春先の雨が降り続いている。

夏の抽象

今年は梅雨が早く明けて、七月初めからじりじりと陽の照る日が続いた。地平線に新鮮な積乱雲が立ち、遠く少年の日の夏を思わせた。虚しくやるせない夏。私は自転車で食料品の買い出しに出かけた。これからの夏の日々に、エアコンをきかせて籠城する構えである。

とはいえ、何に籠るというのか。もう長年、老人の引き籠りが続いているではないか。世間は遠のき、お里の便りも絶え果てた、のだ。しかしそれでも、身体の奥から誘うものがある。透明なガラス窓が湧き立つ夏雲から私を隔てている。水槽の中にいるみたいだ。そこに人工培養されて、沈んだ気配がある。

そして私は気づくのだが、身体がなにやら深いところで抽象を欲しているのだ。世間から、そしてわが身からの完璧な隔絶を求めている。少年の日には、夏の休暇に籠って、『ヨーロッパ諸学の危機と超越論的現象学』を読んだ。『存在と時間』を読み通した年もあった。しかし、いまやそれも、遠い記憶が呼び戻す微弱な気配にすぎない。わかっている。あの頃の決意性の記憶が底に沈殿して持ち越して、いまも身体の底のほうで揺曳しているだけなのだ。

いつの頃からか、もう私には抽象は無理だと気づくようになった。分厚い翻訳物の哲学書などはもうフォローできない。フランス由来のポストモダン思想がとうに歴史になり、代わって装いを新たにした実在論が流入しているらしい。実在論は抽象の底を問い直す。科学とは何か。私にもそれは一貫して隠れた関心の的だったはずである。だが、もう歯が立たない。たぶん、そうだろう。覗いてみることすら、端から放棄してしまっている。私は老いたのだ。

しかしそれでも、日々のしきたりのように机に向かう夏の朝に、身体の底に感じ取る気配がある。もう、夏の決意性へ誘うものとはいえない。それでも、私は生活に背を向けて夏の日々を潜り抜けねばならない。自転車で買い込んできた食料品で日々を食いつないでいくだろう。午後になれば隣家の壁に西日が照りつけ、そこに庭の桜の影が小やみもなく揺れているだろう、虚無の影のように。蟬の合唱がやまない。

さて、いまは朝。少年の夏とは、まるで違っていても、それでも、そこはかとない決意性のようなものを感じておかしい。

あとがき

日常の生活で、ときに、「作文」を拵えたいと感じる瞬間があります。風景があります。本書はこうして成った短文を集めました。柳下和久さんがこれを丁寧に本にしてくださいました。心からお礼を申し上げます。

著者略歴

昭和12年（1937年）東京生まれ。

著書に、『超国家主義の政治倫理』（田畑書店）、『1960年代　ひとつの精神史』（作品社）、『日本人のニヒリズム』（同前）、『乱世の政治論　愚管抄を読む』（平凡社）、『摂政九条兼実の乱世　『玉葉』をよむ』（同前）、『今昔物語集　因果モデルで読む日本中世の心性』（明月堂書店）などがある。

人生《じんせい》は片々《へんぺん》たる歌《うた》の場所《ばしょ》

2023年6月 5 日　初版印刷
2023年6月15日　初版発行

著者
長崎浩

発行人
柳下和久

発行所
北冬舎
〒101-0062東京都千代田区神田駿河台1-5-6-408
電話・FAX　03-3292-0350
振替口座　00130-7-74750
https://hokutousya.jimdo.com/

印刷・製本　株式会社シナノ書籍印刷

ISBN978-4-903792-83-5　C0095